KB185734

장미 넝쿨 이층집

장미 넝쿨 이층집

글 윤경미
그림 김지영

작가의 말

시대는 말해요. 가족을 줄이고 자신의 행복을 찾으라고요. 그래서 형제가 없는 집도 있지요. 저의 어렸을 때는 조금 달랐어요. 형제가 많아 저희 집은 항상 북적였어요. 나보다는 우리를 먼저 생각해야 하는 공동체였지요. 맨 꼴찌로 태어난 저는 사랑을 독차지하며 자랐지만 어느 순간 언니 오빠들이 성장하면서 자신들만의 시간이 필요했지요. 하지만 저는 어딜 가든 껌 딱지처럼 떨어지지 않으려고 기를 쓰고 노력했어요.

어린 동생이 귀찮은 언니, 오빠는 작전을 썼어요. 대문을 통하지 않고 담을 넘거나 뒷산으로 도망치기도 했어요. 저도 항아리를 밟고 담을 넘어 보려고 했지만 높은 성벽 같았어요.

그렇게 종일 언니와 오빠를 찾으러 마을 곳곳을 돌아다녔어요. 그러다 문득 늘 내 곁에 있던 자연을 보게 된 거예요. 논가에 반듯하게 줄 서 있는 모들을 보며 '나란히'라는 노래도 부르고 동쪽 산에서 우는 뻐꾸기 소리에 귀를 기울이기도 했어요. 장미꽃은 담장 너머 어디로 가려고 피었을까? 향기는 어떻게 그리지? 궁금한 점도 생겼고요. 그래서 외롭지 않았어요.

옆집에 사는 할머니를 유심히 지켜보기도 했어요. 할머니는 바늘로 한 땀 한 땀 예쁜 장미꽃 수를 놓았어요. 장미꽃이 그렇게 예쁠 수가 없었어요.

"할머니 장미 향기는 어떻게 그려요?"

"마음에 장미를 그리면 된단다."

할머니는 그 향기가 오래도록 남을 거라 하셨어요. 전 할머니 덕분에 장미 꽃을 좋아하게 됐어요.

그 할머니의 이름은 기억이 안 나지만 옆집에 사니까 옆에 할머니라고 불렀어요. 혼자 남은 저에게 할머니는 좋은 친구였어요. 손녀처럼 아껴 주었죠. 글과 그림도 가르쳐 주고 채소에게 말을 건네는 방법도 가르쳐 줬거든요. 그래서 할머니를 선생님이자 또 다른 가족이라고 여겼어요.

저녁 해가 질 때쯤 집으로 돌아온 언니 오빠는 도망쳐서 미안한 마음에 저에게 더 신경 써 주기도 했어요. 담장을 넘은 언니, 몰래 뒷산으로 도망치는 오빠를 또 봤지만 미워할 수 없었어요. 제가 많이 아플 때 제 옆에서 밤새 걱정하며 보살핀 것도 언니, 오빠였으니까요. 그게 가족인가 봐요.

지금은 아파트에 살아요. 장미 넝쿨이 담장을 장식하는 도로에 서서 지난날을 생각하며 〈장미 넝쿨 이층집〉을 써보면 어떨까 생각했지요. 그때가 그리웠거든요. 요즘같이 게임으로 시간을 보내는 친구들을 보며 '함께'라는 말이 어울릴지 조심스럽기도 해요.

가족의 따뜻한 이야기, 나아가 친구들, 그리고 내 옆에 있는 사람들을 통해 좋은 점은 배우고 고민도 함께 풀어가며 성장하는 이야기를 다루고 싶었어요.

여러분은 어떠신가요? 아픈 가족이 귀찮거나 동생이 껌딱지처럼 굴지 않나요? 어른들을 다 이해하기 어려울 수도 있지요? 마음에 가시를 줄 때도 있지요? 하지만 배움을 가르쳐 주는 사람들을 통해 더 나은 삶을 살게 될지도 몰라요. 나보다 어린 동생, 친구, 그리고 나와 가까이 있는 누구든. 더불어 자연도요.

그들과 이야기도 나누고 같은 곳도 바라봐 줘요. 여러분이 성장하는데 좋은 담장이 되어 줄 거예요. 담장 너머로 꽃을 피우고 향기를 품는 여러분이 되기를 바라며 저의 첫 동화집 〈장미 넝쿨 이층집〉을 바칩니다.

2024년 12월 창가에서
동화작가 윤경미

차례

1. 나쁜 꿈

누군가 나를 불렀다. 너무나 익숙하고 따뜻한 목소리였다.

"재민아, 일어나야지."

"엄마?"

"이 잠꾸러기, 오늘 재희 생일이야. 오빠가 잊으면 되니?"

"진짜 엄마야?"

웃고 있는 엄마를 보니 눈물이 났다.

"엄마, 보고 싶었어. 미안해. 정말 미안해."

"아이처럼 울기는."

엄마가 식탁 위에 있는 케이크를 가리켰다.

"엄마 화실에 있을게. 재희 깨면 파티하자!"

"엄마, 안 돼!"

나는 화실로 들어가는 엄마를 목이 터져라 불렀다.

재희가 어느 순간 다가와 또 다른 내 앞에 서 있었다.

"오빠, 빨리빨리 불 켜줘."

케이크를 들고 있는 동생은 신나 보였다. 또 다른 나는 케이크에
불을 붙였다.

"아차. 오빠, 고깔모자 가져와. 오빠가 올 때까지 커튼 뒤에 숨어
있을게."

또 다른 나는 고깔모자를 가지러 갔다.

"재희야. 안 돼!"

내가 소리쳤지만 재희는 듣지 못했다. 갑자기 화실에서 비명 소
리가 들렸다. 그리고 검은 연기가 뿜어져 나왔다. 그때 아빠가 뛰어
왔다.

"아빠, 도와주세요. 재희하고 엄마가⋯."

아빠는 검은 연기 속으로 뛰어 들어갔다. 한참 후 연기 속에서
재희를 안고 나왔다.

"재희 데리고 밖으로 나가!"

아빠가 소리쳤다. 아빠는 붉은 불이 활활 치솟는 화실 문 앞에
서 있었다. 왜 엄마를 구하지 않고 문 앞에 서 있는지 이해할 수 없
었다. 나는 재희를 업고 밖으로 나와 아빠가 엄마를 데리고 나오길
빌었다.

혼자 밖으로 나온 아빠는 넋이 나간 내 어깨를 잡았다. 아빠 눈에서 눈물이 그렁거리다 떨어졌다.

"…엄마는요?"

"재민아, 재희야. 이건 다 아빠 때문이야."

딱, 딱 소리와 함께 꿈을 꾸듯 아빠 목소리가 멀어졌다.

"아빠 때문이야!"

나는 소리치며 벌떡 일어났다. 꿈이었다. 또 악몽을 꿨다.

꿈에선 엄마가 나 때문에 돌아가신 것 같았다. 장흥댁 아줌마는 절대로 아니라고 말했다. 그런데 왜 자꾸 같은 꿈을 꾸는지 모르겠다. 가슴이 답답했다.

"오빠 또 꿈꿨어? 오늘 이사 가는데."

재희가 인형을 꼭 끌어안고 내 침대에 걸터앉아 있었다.

2. 엄마랑 내가 꿈꾸던 집

우리는 몇 개월 동안 장흥댁 아줌마 집에서 살았다. 아줌마는 내가 태어나기 전부터 가족처럼 함께 지냈다.

엄마가 돌아가시고 사라진 아빠는 며칠 전 내 전학수습을 끝내 버렸다. 더 화가 나는 것은 모든 대화는 아줌마를 통해서만 가능했다. 나는 서울에 남고 싶다는 말은 해보지도 못했다. 재희 때문이었다. 더구나 새로 이사 갈 곳은 우리 가족이 함께 살던 집이 아니었다.

"아줌마 고향이라니."

나는 툴툴댔다. 이사 가기 전 얼굴 보고 인사한다던 친구 태경이는 출발할 때까지도 나타나지 않았다.

몇 시간을 달려 우리가 도착한 곳은 장미꽃이 담장 위에 무수히 핀 골목이었다. 차 안에서 주변을 빙 둘러보았다. 엄마 그림 속에 있던 집이었다. 한숨이 절로 나왔다.

"오빠, 안 내릴 거야?"

재희는 내 눈치를 봤다.

"내릴 거야."

나는 퉁명스럽게 대답했다. 재희는 애착 인형 나니에게 말했다.

"오빠 내린대. 우리도 내리자."

차 문을 열자 장미 향기가 진하게 났다. 이삿짐들은 넓은 잔디밭을 지나 현관으로 들어갔다. 정원 왼쪽에 나무로 된 흔들의자가 있었다. 의자에 앉자마자 삐걱삐걱 뼈 깎는 소리가 났다. 집 뒤에 보이는 산은 나무 한 그루 없는 민둥산이었다. 꼭 커다란 무덤처럼 보였다.

"무덤 앞에 지은 집이라니."

"그네의자, 장미꽃 이층집, 둥근 머리. 오빠는 어떻게 생각해?"

"뭐가?"

"여기 맘에 들어? 나는 마음에 들어. 나니도 그렇대."

나는 담장에 있는 장미 넝쿨을 쳐다봤다. '내가 꿈꾸던 집. 그런데 엄마가 없잖아' 속으로 말했다. 재희 앞에선 엄마라는 단어는 금기어다.

재희가 태블릿을 내 앞으로 내밀었다.

"둥근 머리는 뭐야?"

"몰라, 우리가 차에서 내리기 전부터 골목길에서 우리를 훔쳐보던걸."

동그란 머리는 크고 몸은 비쩍 말라 꼭 외계인 같았다.

"오빠, 장미 향기는 어떻게 그려?"

"향기를 어떻게 그려."

잔뜩 인상을 쓰며 재희를 노려봤다.

"알았어, 나니한테 물어볼게."

나니는 빨간 머리 인형이다. 엄마가 마지막으로 남기고 간 재희 생일선물이다. 가끔 나니에게 말을 걸어 주라고 할 때가 난감했다.

재희 그림 재능은 엄마를 닮았다. 그림을 그릴 때는 생각 속에 자신을 가둬버린 것 같다. 가끔은 오줌을 참다가 옷에 싼 적도 있었다. 자폐증상은 아니라는데 아줌마는 꼬박꼬박 약을 먹어야 낫는다고 했다.

집 주변 사진을 찍어 친구 태경이에게 보냈다. 곧바로 답장이 왔다.

[아침에 못 가서 미안, 집이 엄청 별장 같다. 여름방학 때 꼭 놀러갈게.]

[그래 꼭 와라. 그전에 서울로 돌아갈 거야.]

[자주 연락하고.]

[알았어.]

절친과 멀어지는 것은 시간문제다. 태경이는 놀러 온다고 말했지만 지켜지지 않을 것이다. 태경이 엄마는 학원을 늘리려고 스케줄을 짜는 분이었다.

나는 주변을 빙 둘러보다 흔들의자에서 일어났다.

"재희야."

그림을 그리고 있는 재희를 다시 다급하게 불렀다.

"김재희!"

"오빠, 나니가 배고프대."

안도인지 답답함인지 모를 한숨이 새어 나왔다. 그림에 한 번 빠지면 현실 세계로 불러내는 것은 내 몫이었다.

"너, 대답 빨리 안 할 거야?"

"나니야! 오빠는 사춘기야."

"네가 뭘 알아. 쳇."

꼬리표처럼 따라다니는 재희가 귀찮았다. 아줌마는 고향으로 돌아와서 그런지 기분이 좋아 보였다. 사투리가 절로 나온다며 콧노래까지 흥얼거렸다.

"그 짝이 아니고잉, 애들 방에 넣어 주쇼잉."

재희는 아줌마 말투를 따라 했다.

"그 짝이 아니고잉. 넣어 주쇼잉."

"배고프지? 시내 나가면 맛난 음식점이 많이 있어."

시내란 소리에 숨이 트였다. 도시에서도 조금만 벗어나면 자연이 있기 마련이다.

"원장님도 오실 거여."

"네? 아빠도 오세요?"

이제 아빠랑 살게 됐으니 당연한 거였다. 우리는 그동안 고아도 아닌데 고아처럼 그렇게 지냈다.

재희는 유치원 행사 때마다 장흥댁 아줌마가 대신 참석했다. 놀림을 받고 몇 날 며칠을 울다 발작하기도 했다. 다행히 재희는 미술 심리치료를 받으면서 조금씩 좋아졌다.

나는 가끔 악몽을 꿨다. 하지만 혼자 견뎌야 했다. 알 수 없는 죄책감과 오빠라는 책임감 때문에 항상 재희가 우선이었다.

아빠는 정신과 의사다. 정신적으로 힘든 사람들을 치료한다. 지금 재희와 내가 힘든 시간을 보내고 있는데 우리는 안중에도 없다. 전화 한 통 없던 아빠는 가끔 메시지만 남겼다. 재희를 잘 부탁한다는 말뿐이었다.

엄마의 빈자리가 커다란 구멍처럼 느껴져 하루하루가 공허했다. 그 빈 공간에 아빠를 향한 가시들이 자라고 또 자라났다.

내가 어렸을 때였다. 엄마는 유난히 장미꽃을 좋아했다. 엄마를 위해 장미가 가득한 집으로 이사 가자고 졸랐다. 마당에는 그네도 있고, 잔디 정원을 달리면서 우리 가족이 행복하게 사는 그런 집을 매일 상상했다. 그 상상의 집을 엄마는 그림으로 그렸다. 아빠

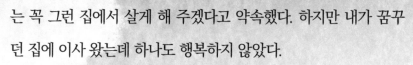

는 꼭 그런 집에서 살게 해 주겠다고 약속했다. 하지만 내가 꿈꾸
던 집에 이사 왔는데 하나도 행복하지 않았다.

껌딱지처럼 구는 동생과 지금껏 코빼기도 보이지 않다가 이제야
나타난다는 아빠. 우리가 잘 지낼 수 있을지 의문이다.

3. 불편한 가족

시내는 집에서 십 분 거리였다. 블록처럼 낮은 건물들이 쭉 이어져 있었다. 가장 높은 건물이라고는 교회 철탑뿐이었다. 내 상상 속 시내는 무참히 무너져 내렸다. 우리가 들어간 곳은 '만리장성'이었다. 이름과 어울리지 않은 조그마한 중국집이었다.

"여기 자장면 탕수육 세트 주세요."

여자애가 다가와 물 컵을 내려놓았다. 바가지를 씌운 것처럼 머리가 둥글었다. 앞 머리카락이 길어 눈도 보이지 않았다. 몸은 비쩍 말라 바람이 불면 휭 하고 날아갈 것 같았다.

"자장면 두 개, 탕수육이요."

둥근 머리는 주방에 대고 모기처럼 작은 목소리로 말했다. 그리고 카운터 화분 뒤에 얼굴을 감추고 우리를 힐끔거렸다.

"여기 마음에 들 거야."

아줌마가 말했다. '이런 곳이? 나는 서울로 돌아갈 거예요' 속으로 말했다.

아빠가 이런 시골에서 계실 줄은 꿈에도 몰랐다. 차라리 서울에서 장흥댁 아줌마랑 셋이 살 때가 더 좋았다. 드르륵거리며 아줌마 휴대폰이 울렸다.

"아. 네. 용기를 내세요. 걱정은 마셔요."

아줌마는 전화를 끊고 이마를 긁적이며 말했다.

"재민아, 음식 나오면 먹고 조금만 기다려 줄래?"

"왜요? 아줌마는 같이 안 먹어요?"

"원장님이 오신다고 혀서 아줌마는 오랜만에 친척들을 만나기로 했어."

아빠를 만나는 것이 벌써부터 어색하고 싫었다. 음식값을 내고 나가는 아줌마는 뭔가 더 할 말이 있어 보였다.

"혹시 몰라서, 왔던 길 그대로 돌아가면 집이 보일 거여. 집에 가면 전화해."

아줌마가 나가고 5분도 안 되어 문자가 왔다.

[아빠가 급한 일이 있어서 집에서 보자. 미안하구나.]

이사 첫날부터 낯선 곳에 버려진 느낌이었다.

"늘 이런 식이지."

음식이 나오고 둥근 머리는 할 말이 있는 것처럼 옆을 서성거렸다.

"골목길, 둥근 머리."

가만 보니 재희 그림 속 외계인과 옷이 똑같았다. 골목길에서 훔쳐보고 지금은 화분 뒤에 숨어서 우리를 힐끔거리는 게 기분 나빴다.

"훔쳐보는 것이 취미인가 보네."

그때 한 남자가 비틀거리며 가게 안으로 들어왔다. 우리를 위아래로 훑어보더니 주방으로 들어갔다. 둥근 머리는 주방 쪽을 쳐다보며 멍하니 서 있었다. 갑자기 주방에서 큰 소리가 들렸다.

"돈, 숨겨 놓은 것 있잖아. 그 노인네가 그림 판 돈 어디에다 숨겼어?"

"죽고 살래도 없어, 없다고!"

둥근 머리는 어깨를 잔뜩 움츠렸다. 재희는 허겁지겁 먹던 자장면을 뱉어내고 귀를 막으며 바닥에 주저앉았다.

"이쪽."

둥근 머리가 달려와 내 옷을 잡아당겼다. 재희를 데리고 밖으로 나오자 살림이 부서지는 소리가 들렸다. 우리는 상가 옆 골목으로 갔다. 둥근 머리가 손가락으로 어딘가를 가리켰다. 구불구불 논 사이로 보이는 길 끝에 장미 넝쿨 담벼락이 보였다.

"자장면 세트, 집으로 가져다줄게."

개미만 한 목소리로 둥근 머리가 말했다.

"됐어. 이런 시골에서 뭘 바라겠어."

나는 차갑게 말했다. 둥근 머리는 땅만 쳐다보더니 고개를 돌렸다. 머리카락이 찰랑거리자 이마가 보였다. 퍼렇게 멍이 들어 있었다.

"자장면 진짜 맛있었는데."

"너, 또 발작하는 줄 알고 놀랐잖아."

짜증이 솟구쳤다. 새로 이사한 집을 향해 걸었다. 재희가 종종걸음으로 따라오며 말했다.

"둥근 머리가 우리를 보고 있어."

벽 뒤에 머리가 살짝 보였다.

"여기 맘에 안 들어. 다 맘에 안 들어."

이 동네처럼 전학 갈 학교도 보나 마나 후질 것이 분명했다. 이곳 애들과 친하게 지낼 생각도 없다. 꼭 철벽을 칠 셈이다.

"나는 맘에 들어. 그럴 것이 너무 많아."

재희가 숨을 헐떡이며 말했다. 집에 도착한 우리는 그네에 앉았다. 발을 구르자 이층집이 오르락내리락했다.

4. 귀신이 사는 집

장흥댁 아줌마에게서 전화가 왔다. 아줌마는 기분이 한껏 들떠 있는 목소리로 물었다.

"자장면은 맛있게 먹었어?"

"서비스가 엉망이었어요."

전화기 속에서 웅성거리는 소리 때문에 길게 통화하기도 어려웠다. 밥도 못 먹고 왔다는 말은 할 수도 없었다.

"아빠도 안 오셨어요."

"으째, 아직도 시간이 더 필요한가 보다. 내가 늦더라도 갈게."

"아니에요. 우리끼리 잘 있을 수 있어요."

사실 아빠가 계속 바빴으면 좋겠다. 만나서 어색하느니 지금 이대로가 더 나았다.

"나 아줌마한테 갈래."

"아줌마도 가족들 만나 즐거운 시간 보내야지. 넌 오빠가 놀아줄게."

솔직히 이 큰 집에 나 혼자 있기는 무서웠다.

"재미있게 놀다 친척 집에서 자고 내일 오세요."

"우리 재민이 다 컸네. 아줌마 사정도 봐주고 원장님도 좀 이해해 주렴."

아빠의 어떤 사정을 이해하라는 건지 알 수가 없었다. 아줌마는 미안하다는 말만 하고 전화를 끊었다.

우리 방은 이층이었다. 이층 난간은 유리로 되어 있었다. 재희는 문 앞에서 자신의 방을 둘러봤다. 나는 얼른 재희 등을 떠밀고 내 방 침대에 몸을 날렸다.

"똑똑똑, 나니가 오빠랑 놀고 싶대."

재희가 무턱대고 침대에 걸터앉자 자리에서 벌떡 일어났다.

"너는 쫌."

"오빠, 나 안 버릴 거지?"

재희가 뜬금없이 물었다. 내가 서울로 돌아가겠다고 마음먹은 걸 눈치챈 걸까?

"너 하는 것 봐서."

"난, 오빠가 하라는 대로 다 할 거야."

"그럼 빨리 네 방으로 가."

"놀아준다며."

나는 말없이 고개만 절레절레 흔들었다.

"치, 그럴 줄 알았어."

재희는 자신의 방으로 갔다. 이때다 싶어 다시 침대에 누웠다.

"꼭 우주에 와 있는 것처럼 조용하네."

이곳은 도시처럼 시끄럽지 않았다. 그게 더 싫었다. 무인도에 온 것처럼 쓸쓸했다.

'둥근 머리도 불편한 가족과 사는 것 같네.'

내가 왜 그 애를 생각하는지 모르겠다. 머리를 절레절레 흔들었다. 피곤이 몰려와 스르르 눈이 감겼다. 얼마나 잤을까? 이상한 냄새가 콧속으로 스며들었다. 소독용 약품 냄새 같았다. 실눈을 떴을 때 방 밖으로 나가는 하얀 실루엣이 보였다.

"아줌마?"

이상했다. 아줌마는 알록달록 꽃무늬 잠옷만 입었다. 정신을 차리고 휴대폰을 보니 열한 시였다. 방 밖으로 나왔다. 어두워서 잘 보이지 않았지만 하얀 물체가 흐느적거리며 계단을 내려가고 있었다. 이층 난간에서 휴대폰 라이트로 비췄다.

"미, 미라?"

붕대를 칭칭 감은 미라였다. 미라가 발길을 멈추고 돌아봤다.

깜짝 놀라 그만 휴대폰을 떨어뜨리고 말았다.

"아 크으. 흐, 흐ㅇㅇ."

밑에서 흐느끼는 또 다른 소리가 들렸다. 순간 소름이 돋았다. 미라는 분명 계단 쪽에 있었다. 바로 밑에서 들리는 신음 소리는 누구의 것인지 알 수 없었다. 나는 재빠르게 재희 방으로 들어갔다.

"재희야. 재희야."

"응. 오빠."

눈을 비비며 일어난 재희 귀에다 속삭였다.

"이 집에 귀신이 있어."

"오빠, 또 나쁜 꿈 꿨어?"

"휴대폰 줘봐. 빨리."

재희는 이불 속에서 휴대폰을 꺼내주었다.

"여기 가만히 있어, 내가 보고 올게."

"나도 같이 가."

재희는 내 옷자락을 꽉 움켜잡았다. 우리는 조심스럽게 일층으로 내려왔다. 무섭고 떨렸지만 재희 앞에선 티 내지 않으려고 노력했다. 그때였다. 머리부터 발끝까지 붕대로 칭칭 감은 미라와 거실에서 딱 마주쳤다. 깜짝 놀란 재희와 나는 서로를 끌어안고 비명을 질렀다.

"악…! 악!!"

두 눈을 질끈 감았다. 몸이 사시나무 떨리듯 떨렸다.

"미이라안해라."

감았던 눈을 떠보니 미라는 금방 사라졌다.

"오빠, 귀신이 문을 열고 다녀?"

"귀신 아냐. 미라였어."

'미라'라고 한 건지 '미안해'라고 한 건지 헷갈렸다. 현관문이 열려 있었다. 얼른 달려가 문을 잠그고 재희 휴대폰으로 이곳저곳 비춰봤다. 전기 스위치를 찾기 위해서였다. 갑자기 환한 빛 때문에 팔로 눈을 가렸다 뗐다. 재희가 주방에 있는 스위치에 손을 올리고 말했다.

"오빠, 자장면 냄새가 나."

식탁 위에는 빈 그릇과 먹다 남은 탕수육이 있었다. 젓가락을 보니 만리장성 것이었다. '집으로 가져다줄게' 둥근 머리가 했던 말이 떠올랐다.

"어떻게 들어왔지?"

이 집은 귀신뿐만 아니라 누구나 쉽게 드나드는 집이 분명했다. 아직도 심장 소리가 귓가에서 둥둥거렸다.

"누군가 장난친 게 분명해."

"누가?"

"우리가 이사 오는 게 싫은 사람이겠지."

재희는 절반도 채 안 남은 탕수육을 들고 내 눈치를 봤다.

"먹지 마, 사진 찍고 신고하게."

둥근 머리 그 애를 만나면 따질 생각이었다. 허락도 없이 남의 집에 무단으로 들어오다니.

"배고픈데 힝. 나니도 그렇대."

사진을 찍고 나는 거실로 향했다. 내 휴대폰을 찾아야 했다. 집 안에 곳곳에 있는 불을 켜고 TV까지 켰다. 구석구석 찾아봐도 내 휴대폰은 없었다. 정말 귀신이 곡할 노릇이었다. 무음으로 해놓았기 때문에 전화해도 소용이 없었다. 재희는 주방에서 나오지 않았다.

"너 뭐 해?"

"나 배고프다고 했잖아."

재희가 남은 탕수육을 집어먹고 있었다.

"너, 거지야? 누가 먹던 거잖아."

"미라?"

재희는 내 입에 탕수육을 밀어 넣었다. 생각 같아선 뱉어야 하는데 입은 씹고 있었다. 사실 탕수육 냄새가 유난히 침샘을 자극했다. 점심때 고속도로에서 핫도그 하나만 먹었고 저녁은 먹지도 못했다.

"오빠 미라 얼굴 봤어?"

재희는 탕수육을 오물거리며 말했다.

"미라는 영화에서나 봤지."

이런 집에서 어떻게 살 수 있을지 걱정이 됐다. 그런데 갑자기 전기가 훅 나갔다. 다시 암흑천지가 됐다.

"오빠!"

발코니 창문을 두드리는 소리가 들렸다. 나는 얼른 재희 손을 잡고 식탁 밑으로 들어갔다.

"흐, 으으으."

귀신이 흐느껴 우는 소리가 들렸다. 몸에 난 털들이 송곳처럼 바짝 섰다.

"오빠, 귀신이 또 왔어."

이번엔 발코니 문 앞을 서성이는 귀신이 보였다. 하얀 한복 차림이었다.

"오빠, 귀신이 많이 사는 집인가 봐."

"쉿."

재희 입을 막고 숨소리도 낮췄다. 나도 귀신은 무서웠다.

5. 전학 가는 날

긴긴밤을 뜬눈으로 벌벌 떨어야 했다. 작은 소리에도 귀를 기울이며 재희 손을 꼭 잡았다.

"오늘 전학 가는 학생이 늦잠을 자면 어떡하누, 일어나야지."

장흥댁 아줌마 얼굴을 보니 너무 반가웠다.

"낯선 곳이라 동생 걱정돼서 여기서 잤구나."

나는 눈을 비비며 주변을 살폈다. 재희 방이었다.

"아줌마, 미라하고 하얀 소복을 입은 귀신이 나타났어요!"

"또 나쁜 꿈 꿨어?"

아줌마는 걱정스러운 눈으로 쳐다봤다.

"꿈이 아니에요. 진짜예요. 재희도 봤다니까요."

일층으로 내려가는 아줌마를 따라가며 계속 말했다. 재희는 식탁에 앉아 꾸벅꾸벅 졸고 있었다. 아줌마가 숟가락을 쥐여주자 밥을 뜨기 시작했다.

"말해봐, 너도 봤잖아."

재희는 입에 밥을 넣고는 씹지도 않고 또 눈을 감았다. 고개가 뒤로 깜빡 넘어가자 놀란 눈을 하고 입을 오물거렸다. 나만 바보가 된 것 같았다.

아침을 먹고 난 후 아줌마가 학교까지 데려다주었다.

"우리 재희는 똑똑하고 귀여운 천재 화가지? 급할 땐 아줌마 단축번호 2번 누르면 돼. 알지?"

재희는 창밖만 보느라 대답도 하지 않았다. 1번은 내 번호였다. 휴대폰을 잃어버렸으니 전화해도 받지 못할 것이다.

"파릇파릇 풀이 많네."

"바보냐? 저건 벼라는 거야. 쌀 나무."

"뭐라고? 저게 우리가 먹는 쌀 나무라고? 풀 같은데."

학교 주변은 사방이 논이었다. 놀라운 건 학교도 작고 운동장도 작았다. 학년마다 학급 수도 한 반씩이 전부였다. 아줌마와 재희는 복도 끝 유치원 교실로 향했고 나는 반대쪽 복도로 갔다. 5학년 1반 교실 문을 열고 들어가자 아이들이 놀란 눈으로 쳐다봤다.

"새로 전학 온 친구구나!"

"네. 안녕하세요."

선생님은 친구들에게 내 소개를 하라고 했다.

"서울에서 전학 온 김재민이라고 해."

잘해보자는 말 같은 것은 하지 않았다. '너희랑은 친하게 지낼 생각이 전혀 없어' 속으로 생각했다. 거만하게 보이고 싶어 턱을 치켜들었다. 그런데 아이들은 격하게 박수를 쳤다.

반 인원수가 별로 없어서 그런지 눈에 띈 아이가 한 명 있었다. 만리장성의 둥근 머리가 확실했다. 기회만 있으면 어젯밤 일을 따질 생각이었다. 그런데 쉬는 시간만 되면 반 아이들이 우르르 몰려들어 나를 에워쌌다.

"서울 어디서 왔냐? 왜 시골로 왔어?"

나는 한마디도 하지 않았다. 어떤 아이는 가족관계까지 물었다. '경찰이야? 왜 호구조사야?' 아이들은 하나둘씩 재미없다며 떨어져 나갔다.

"너, 장미 넝쿨 이층집으로 이사 왔지?"

내 옆에 앉은 덩치 큰 아이가 물었다. 그 한마디에 흩어졌던 친구들이 다시 몰려들었다.

"헐! 거기 귀신이 나오는 집이잖아."

"맞아. 귀신들이 밤마다 슬프게 운대. 내 다리 내놔라 그러면서."

"거기 이사 왔다가 미쳐서 나간 사람이 한둘이 아니랬어."

짜증이 막 밀려왔다. 어젯밤 귀신을 봤기 때문이다. 거리를 두고 싫은 마음과 달리 아이들은 내 주변에서 떨어질 줄 몰랐다. 우리 집에서 귀신 체험을 꼭 해보고 싶다고 조르는 아이도 있었다. 초대할 만큼 친해지기 싫었다.

내가 둥근 머리를 계속 노려보자 옆에 앉은 덩치가 묻지도 않은 말을 했다.

"우리 반 반장이야. 공부도 잘하고 엄청 착해."

"착하다고?"

살짝 콧방귀를 뀌었다. 남의 집에 허락도 없이 들어오고, 음식은 먹다 남겨놓은 사람이 과연 착한 것인지 의문스러웠다.

"난 정우라고 해. 하정우. 오늘 축구 하는데 같이 할래?"

"싫어."

"그러지 말고 같이 하자. 학생 수가 없어서 쪽수가 안 맞아."

덩치가 생긴 것하고 다르게 징징대는 꼴이라니. 난 둘러댔다.

"학교 끝나고 가볼 곳이 있어."

정우는 실망하는 눈치였다.

"어딘데? 이 동네는 내가 꽉 잡고 있지."

주먹 깨나 쓰는 문제아가 분명할 거라고 생각했다.

학교가 끝나고 교문 앞에서 둥근 머리를 기다렸다. 한참 후 둥근 머리가 교문 쪽으로 나왔다.

"너, 뭐야? 어제 우리 집에 자장면과 탕수육 갖다 놓은 사람, 너지?"

둥근 머리는 멈칫했다.

"너, 우리 집은 어떻게 들어온 거야?"

"미, 미안."

"미안하면 다야? 음식은 네가 먹었어?"

"응? 아니야."

"그럼 귀신이 먹은 거라고?"

둥근 머리가 갑자기 얼굴을 치켜들더니 내 얼굴을 뚫어져라 쳐다봤다.

"귀신 봤어?"

"뭐?"

나는 대답해 주기 싫었다.

"아니야. 그딴 게 어딨어?"

뭔가 안심이라도 한 듯 깊은 숨을 내뱉는 둥근 머리를 노려봤다.

"나 빨리 가야 해."

"도망가는 거야? 도둑 주제에."

이번엔 둥근 머리가 나를 노려봤다.

"너, 까칠하구나."

"뭐, 내가 까칠하다고?"

적반하장이었다. 나는 허리에 손을 올리고 씩씩댔다. 둥근 머리는 뒤돌아 가버렸다.

"뭐 저런 애가 다 있어."

서비스 제로에, 음식도 허락 없이 집 안에 가져다 놓는 게 누가 봐도 정상은 아니다. 분이 풀리지 않아 땅이 꺼져라 툭툭 차며 집으로 향했다. 시내라고 하더니 건물 몇 개뿐이고 그 흔한 편의점도 없었다. 마트라고 하나 있는 곳은 도시에 있는 큰 마트 절반의 절반도 되지 않았다.

"PC방도 없는 시내가 어딨어!"

걷다 보니 싸우는 소리가 들렸다. 만리장성 앞이었다. 가게에서 누군가 불쑥 튀어나와 부딪힐 뻔했다.

"너 뭐야?"

둥근 머리는 손으로 얼굴을 가리고 골목으로 달려갔다. 잠깐 봤지만 손에 피가 묻어 있었다.

"우리도 먹고살기 힘든데 저년까지 거둬야 해?"

가게 안에서 남자 목소리가 들렸다.

"허이고, 징그러워. 도박에 미쳐 살림 거덜 내는 사람이 누군데. 쟈는 불쌍한 아이여."

"됐고, 돈 내놓으란 말이여. 저년 앞으로 남겨놓은 재산이 있을 것 아냐!"

"없어, 없다고. 내가 못 살아."

가게 안에서는 또 살림이 박살나는 소리가 들렸다. 여자가 흐느끼자 남자는 욕을 하며 밖으로 나왔다. 술에 취해 자신의 몸도 제대로 가누지 못하면서 어디론가 휘적휘적 걸어갔다.

둥근 머리는 모퉁이에서 벽 쪽을 보고 서 있었다. 발소리가 가까워지자 한 손으로 코를 막고 숨을 꾹 참은 채 움츠러들었다.

"이, 이쪽으로 가려고…."

둥근 머리는 목소리에 반응하듯 내게 시선을 돌렸다. 입과 코를 막고 있는 손 사이로 피가 흘러내리고 있었다. 나는 반사적으로 주머니에서 손수건을 꺼내 내밀었다. 재희 때문에 필수품으로 가지고 다니는 것이다.

"필요 없어. 그냥 가!"

손수건을 내민 손이 민망했다.

"그렇게 당당하면 맞지나 말지."

"네가 뭘 알아?"

둥근 머리는 나를 노려봤다. 코피가 주르륵 흘렀다.

"쓰든지 버리든지."

나는 손수건을 쥐여 주고 얼른 집으로 향했다. 집으로 걸어오는 내내 괜히 심술이 났다. 까칠하다는 말도 들었는데 손수건까지 챙겨준 내가 정말 한심스러웠다.

"괜히 나섰어. 칫."

장미꽃이 유난히 활짝 피어 웃는 것 같아 주먹으로 꽃을 때렸다. 가시가 손등을 스치고 길게 상처를 남겼다. 선홍빛 피가 스며 나왔다.

"아프네."

둥근 머리가 신경 쓰였다.

6. 치매 할머니와 미라 씨

저녁 식사준비를 마친 아줌마가 식탁에 앉으며 말했다. 재희에 겐 미술치료 선생님을 알아보고 있다고 했다. 내게는 당분간만 혼 자 공부하라고 했다. 아줌마는 또 아빠와 통화한 모양이다.

태경이 녀석은 학원을 다섯 군데나 다닌다. 여기는 그 흔한 학원 도 본 적이 없다. 내 실력이 태경이보다 못하면 이곳에 온 걸 평생 후회할지도 모른다.

"저 그만 먹을래요."

아줌마는 안쓰러운 눈으로 나를 쳐다봤다. 재희도 마지막 한 입 을 크게 넣고는 부랴부랴 이층으로 따라왔다.

"오빠, 오늘 밤은 괜찮겠지? 아줌마도 있고."

"아줌마는 한 번 잠들면 절대 안 일어나잖아."

"아, 맞다."

휴대폰도 감쪽같이 사라지고 노트북도 여기 온 후로 켜지지 않았다. 재희는 약을 먹고 일찍 잠자리에 누웠다.

"아줌마가 준 약을 먹으면 잠자는 숲속의 공주가 돼."

재희는 입을 쩍 벌리며 하품을 했다.

"귀신이 나타나면 오빠가 지켜줄 거지? 나는 오빠 믿어."

재희는 내 대답을 듣기도 전에 잠이 들었다.

창문 틈에서 바람 소리가 났다. 꼭 귀신이 흐느끼는 소리 같았다. 하지만 멀리서 들리는 뻐꾸기 소리는 자장가처럼 들렸다. 어느 순간 눈꺼풀이 내려앉았다. 얼마나 잤을까. 어둡고 축축한 공간에서나 맡을 수 있는 그런 냄새가 났다.

"우리 오빠는 사춘기예요. 성질이 좀 사나워도 나한테는 꼭 필요한 사람이에요."

재희 목소리가 들렸다. 무거운 눈꺼풀을 애써 치켜올렸다. 하얀 얼굴 두 개가 공중에 떠 있었다. 나는 벌떡 일어나 벽에 몸을 붙였다. 방 안이 환해지자 하얀 소복을 입은 할머니 귀신이 재희와 나란히 서 있었다.

"귀, 귀신…!"

"아휴! 겁쟁이."

나는 얼른 재희를 끌어당겼다.

"오빠, 할머니는 여기 산대."

"귀신이 여기서 산다고?"

"여기서 산다. 흐흐흐."

할머니 귀신이 말했다.

"할머니, 흐흐흐 안 돼요."

재희가 작은 목소리로 단호하게 말하자 할머니 귀신은 '네'라고 대답했다.

"잘했어요, 할머니."

"고맙습니다."

할머니 귀신은 어딘지 모르게 약간 모자라 보였다.

"나도 처음엔 깜짝 놀라 오줌도 쌀 뻔했어. 할머니가 이거 줬어."

재희는 붓을 내 앞에 내밀었다. 빨간색이 묻은 붓이었다. 꼭 피 같았다.

"할머니 방에 놀러 갈 거야. 할머니도 그림 좋아한대."

"안 돼. 귀신 따라가면 죽어."

"아이참, 귀신 아니라니까."

재희는 할머니 손을 잡고 일층 현관으로 나갔다. 걱정돼서 얼른 따라나섰다.

일층으로 내려와 아줌마 방을 쳐다봤다. 아줌마는 잠이 들면 귀신이 업어 가도 모른다. 아줌마를 깨우는 방법은 딱 하나다. 재희가 우는소리인데, 지금 재희는 신이 났다.

할머니랑 재희가 향한 곳은 뒷마당이었다. 잎이 넓은 칡넝쿨을 헤치고 들어가자 문이 나왔다. 창고 문을 열자 지하로 내려가는 계단이 있었다. 마치 무덤 속으로 향하는 계단 같았다. 할머니의 퀴퀴한 냄새는 이곳 냄새였다.

흰 천을 덮고 있는 물건들이 잔뜩 있었다. 천을 내리자 장미가 흐드러지게 핀 커다란 그림 액자들이 가득했다. 꽃들이 바람에 흔들리는 것 같았고, 벌들이 살아 움직이는 것 같았다. 재희는 그림을 보고 멍하니 섰다.

"오빠, 나 할머니랑 살래."

"뭐?"

재희는 또 사차원 기질이 발동한 것 같았다.

"안 돼. 귀신도 아니고 사람이면 아줌마한테 말해야 해."

"안 된다. 나는 갈 곳이 없다."

할머니는 양팔로 하얀 소복을 들고 폴짝폴짝 뛰었다. 다리가 보였다.

"할머니, 다리가 있네요."

밤마다 '내 다리 내놓으라'며 우는 할머니 귀신은 헛소문이었다.

"가족 없어요? 딸이나 아들이요."

가족이라는 말에 할머니는 침울한 표정으로 바뀌었다.

"내 이름은 김봉순."

"김봉순 할머니, 여기 언제부터 살았어요? 혹시 할머니 치매예요?"

"네!"

할머니는 묻는 말에 '네'라고 대답했다.

"진짜 치매인가?"

"오빠, 우리가 할머니를 애완동물처럼 키우면 안 돼?"

"안 돼. 할머니는 사람이지, 동물이 아니야. 가족을 찾아줘야 해."

물감 냄새인지 페인트 냄새인지. 주변을 둘러보며 코를 막았다.

"오빠가 찾고 있는 것 줄게."

나는 갑자기 눈이 휘둥그레졌다. 내가 그렇게 찾았던 휴대폰이었다.

"네가 가지고 있었어?"

얼른 문자를 확인했다. 태경이한테 전화나 문자도 없었다. 내가 관심 밖의 사람이 된 것 같아 섭섭했다.

"오빠가 나를 버리고 갈까 봐 내가 휴대폰 숨겼어."

"너, 내 문자 봤어?"

재희는 태경이와 나눈 문자 내용을 봤다고 했다.

"난 오빠밖에 없는데. 오빠는 나를 버리려고 해…."

재희는 목젖까지 보이며 울려고 했다. 울다 또 발작할까 봐 얼른 달랬다.

"알았어. 널 버리지 않아."

재희는 뚝 그쳤다. 이번에는 할머니가 흐흐흐거렸다.

"할머니는 왜 그래요. 무섭게!"

"이것이 내 머리 때렸다."

할머니는 휴대폰을 가리켰다. 내가 떨어트렸을 때 이층 난간 밑에서 들렸던 신음 소리가 생각났다.

"놀라서 떨어트렸어요."

"오빠가 할머니 머리를 휴대폰으로 때려서 기억을 잃었잖아."

"이게 내 탓이라고?"

둘은 나를 보고 고개를 끄덕였다. 당황스러웠다. 이게 무슨 상황

인지, 몸만 크고 정신은 덜 큰 재희가 또 한 명 있는 것 같았다.

"할머니가 불쌍해. 기억 돌아올 때까지 비밀로 하면 안 돼?"

재희는 또 입을 크게 벌렸다.

"알았어. 알았다고."

재희를 달래려고 약속을 했다. 할머니가 잠시라도 기억이 돌아올 때까지만 비밀로 하기로 했다.

"오빠, 봉순이 배고파."

"헐, 나보고 오빠라니."

할머니는 진짜 정상이 아닌 것 같았다. 재희가 재촉하는 바람에 하는 수 없이 본채 주방으로 가서 이것저것 쟁반에 챙겼다.

"귀신. 별거 아니네."

어젯밤 그렇게 두려워했던 귀신의 정체가 밝혀지자 허탈해졌다.

그때 주방 오른쪽에 있는 세탁실에서 이상한 소리가 났다.

"…아줌마?"

문을 여는 순간 소독용 알코올 냄새가 콧속으로 들어왔다. 세탁기 앞에 붕대를 칭칭 감은 미라가 만세를 하고 있었다. 손끝에 커다란 꽃무늬 속옷이 달랑거렸다. 잠시 동안 말없이 서로를 보고 있었다.

"그거 아줌마 빤쓴데."

조금 놀라긴 했지만 침착하게 말했다.

미라는 놀란 듯 얼른 집어 던졌다. 그 모습에 웃음이 빵 터졌다.

이젠 할머니도 귀신도, 미라도 무섭지 않았다.

"혹시 할머니 가족이에요? 나올 귀신 더 없어요?"

미라는 고개만 갸웃거렸다. 나는 미라를 데리고 창고로 향했다.

할머니는 미라를 보고 깜짝 놀라 붓을 들고 휘저었다. 재희는 나처럼 별 반응이 없었다. 미라에게 다가가서 볼록한 배를 손가락으로 꾹꾹 눌렀다.

"우와, 오빠. 미라 씨는 어디서 잡아왔어?"

"미라 씨? 세탁실."

"거기서 산대?"

"몰라."

할머니랑 미라 씨는 서로 아는 사이는 아닌 것 같았다. 상당히 경계하는 눈치였다. 미라 씨는 벙어리처럼 우리를 번갈아 볼 뿐이었다. 눈만 보이고 얼굴은 볼 수 없어 더 의심스러웠다.

"미라 씨, 내 동생 건들면 바로 신고할 거예요."

눈을 부릅뜨며 말했다.

"조금 변태 성향이 있지만 무섭지는 않아. 하지만 조심해야 해."

나는 재희 귀에 대고 속삭였다.

어느새 챙겨온 음식을 먹고 있는 할머니를 신기하게 쳐다봤다. 밥을 우아하게 꼭꼭 씹어 먹고 있었다.

"할머니, 맛이 없어요? 영화에서 보면 치매 걸리면 허겁지겁 먹던데."

"오빠, 할머니는 기억을 잃었다니까."

내가 고개를 갸웃거리자 할머니는 갑자기 허겁지겁 먹었다. 반찬도 여러 개를 한 번에 넣더니 음식이 다 보이도록 씨익 미소를 지었다.

"분명 일부러 저러는 것 같은데."

"오빠, 밥 먹을 때는 고양이도 안 건드려."

"개겠지."

우리는 당분간 음식을 챙겨주기로 했다. 대신 들키면 어쩔 수 없다고 말했다.

"와! 신난다. 기억을 잃은 할머니도 생기고, 이집트 변태 미라 씨도 함께 살게 됐어!"

재희가 환하게 웃었다. 나는 왠지 작은 혹을 떼려다 큰 혹 두 개를 더 붙인 꼴이 된 것 같았다. 미라 씨는 우리와 할머니를 번갈아 쳐다보기만 했다.

"미라 씨는 얼굴 공개할 거 아니면 집으로 돌아가요."

"오빠, 미라 씨는 붕대 풀면 죽어."

"그럼 한번 해 볼까?"

미라 씨는 손사래를 치며 뒤로 물러났다.

"오빠, 미라 씨는 우리 집 손님이잖아. 아휴, 이집트에서 왔는데 잘해줘야지."

재희가 한숨을 쉬며 말했다.

7. 쉿! 비밀이야

밤마다 귀신들에게 시달리다 죽을지도 모른다고 생각했다. 우리를 두렵게 했던 귀신 소동은 싱겁게 끝이 났다. 할머니는 창고에 숨어 살고, 미라 씨는 어느새 감쪽같이 사라졌다.

아침에 식탁에서 재희가 콧노래를 부르는 것은 당황스러웠다.

"우리 공주님. 새 유치원에 가니까 신났구먼."

"유치원 싫어!"

재희는 그렇게 말하고 또 콧노래를 불렀다. 나는 식탁 밑으로 재희 발을 찼다. 재희는 신호를 무시하고 계속 콧노래를 불렀다.

걸어서 학교로 향하는 길. 가지런한 모들이 볼 때마다 새로웠다. 이런 풍경은 도시에서는 볼 수 없었다.

"야! 너 안 하던 짓 하면 들키는 것은 시간문제야."

"나, 티 안 냈는데."

"콧노래 불렀잖아."

"저절로 나오는 걸 어떻게 해."

"어른들은 눈치가 빨라서 금방 알아."

"아빠도 눈치 빨라?"

"아빠는 사람의 마음을 읽어. 정신과 의사니까. 최면치료도 하잖아."

"아, 그렇구나!"

그나마 아빠가 집에 없어서 다행이었다. 이사 첫날 온다는 문자를 보냈지만 오지 않았다.

"태경이 자식은 이런 멋진 풍경을 모르겠지?"

"오빠, 여기 좋아?"

"…아니!"

사실은 뒷산에서 우는 뻐꾸기 소리를 밤새 들었다.

"재민아, 재민아."

뒤에서 누군가 내 이름을 불렀다. 정우였다. 손을 흔들며 뛰어오는 정우를 못 본 척하며 속도를 내어 걸었다.

"오빠, 숨차."

"귀신 이야기는 비밀이야. 아무한테도 말하면 안 돼."

재희는 걸음을 멈췄다.

"안녕? 나는 일곱 살 김재희."

도대체 어디서 나타난 건지. 어느새 재희 옆에는 둥근 머리가 서 있었다. 정우가 숨을 헐떡거리며 다가왔다.

"안녕! 네가 재민이 동생이지?"

"누구세요?"

"응, 너희 반에 뚱뚱한 녀석, 하동이 큰 형."

"아, 그 동그란 애."

"괴롭히면 말해. 오빠가 혼내줄게."

누가 들으면 정우가 친오빠인 줄 알겠다. 둥근 머리는 말없이 재희와 나를 쳐다봤다.

"어제는 잘 잤냐? 혹시 귀신 안 봤어?"

"헉."

재희는 정우를 보며 입을 딱 벌렸다. 무슨 말을 더 하기 전에 얼른 정우 어깨에 팔을 둘렀다.

"야, 귀신이 어딨어! 빨리 가자."

"어? 그래."

정우는 덩치도, 키도 나보다 컸다. 내가 어깨동무를 했지만 거의 매달려 걸어야 했다. 상당히 어색한 순간이었다. 어제까진 철벽을 쳤지만 오늘은 어쩔 수 없었다. 정우가 귀신 체험 뭐라고 주저리주저리 떠들었지만 귀에 들어오지 않았다. 둥근 머리와 재희만 신경 쓰였다.

"반장은 어때?"

정우에게 물었다.

"아, 최현아?"

둥근 머리 이름은 최현아였다.

"엄청 좋은 애야. 조금 불쌍해서 그러지."

불쌍하다는 의미는 짐작이 갔다. 똑똑하고 공부 잘하는데 부모를 잘못 만나 맞고 살다니. 내 처지랑은 달랐지만 행복하지 않은 건 똑같았다.

정우는 친구들과 종일 내 옆에 붙어 화장실까지 따라다닐 기세였다. 학교가 끝나고 축구하자는 정우를 떼어내고 집으로 향했다.

태경이한테 문자가 왔다.

[야, 첫날 어땠어?]

[말도 마, 많은 일이 있었다.]

[친구들은 어때?]

[뭐 그저 그래.]

[당연하지 그런 촌이 좋은 게 뭐가 있겠어? 선우가 부른다.]

[어 그래.]

휴대폰을 한참 봤다. 마음이 허전했다.

"아직 할 말이 많은데."

우리는 늘 붙어 다녔었다. 학원도 같이 다녔고, 게임도 같이했다. 공부도 선의의 경쟁이라며 기를 쓰고 이기려고 했다.

"이제 태경이의 절친이자 경쟁 상대는 선우인가 보네."

내가 있어야 할 자리로 돌아가면 절친과 멀어지는 소외감 같은 것은 느낄 필요 없을 텐데. 집 앞에 다다랐을 때 대문 앞을 기웃거리는 현아를 발견했다.

"여기서 뭐 해?"

현아는 깜짝 놀라 갑자기 딸꾹거렸다.

"우리 집 염탐하니?"

"아, 아니야."

손사래까지 하며 반색을 하니 수상했다.

"이거…"

내가 준 손수건이었다. 학교에서 줘도 되는데 굳이 집에까지 와서 주는 이유를 모르겠다. 바람이 현아 앞머리를 뒤로 넘겼다. 이마에 멍 자국이 남아 있었지만 흰 장미처럼 뽀얀 얼굴이 나를 보고 웃었다. 괜히 귀가 후끈거렸다.

"미안하고 고마워."

현아는 대문 안을 한 번 더 쳐다보더니 내일 보자며 달려갔다.

"귀신이 나오는 집이라 궁금한가?"

고개를 쭉 빼고 멀어지는 현아의 뒷모습을 지켜봤다.

"오빠! 여기서 뭐 해?"

재희였다. 얼굴에 나비 페인팅을 하고 실눈으로 나를 보고 있었다.

"오빠 여자 친구야?"

"뭐? 돌았냐?"

괜히 코 평수를 넓혔다.

"할머니, 그림 엄청 잘 그려."

"쉿, 아줌마 알면 어쩌려고 그래."

재희는 장흥댁 아줌마가 했던 말을 그대로 전했다.

"'우리 재민이가 크려는지 냉장고를 잘 비우네. 장에 갔다 와야겠어'라고 말했어."

"쳇."

우리는 창고로 향했다. 창고 문을 열자 안에서 음악 소리가 들렸다. 밖에서는 분명히 들리지 않았다. 미라 씨 얼굴은 꼭 도깨비처럼 알록달록 색칠공부가 되어 있었다. 재희 솜씨가 분명했다.

미라 씨는 어디에서 사는지 물어도 대답하지 않았다.

"오빠, 오늘은 우리의 비밀 장소 청소하는 날이야."

"비밀 장소?"

재희는 휴대폰으로 음악을 틀었다. '아기상어' 노래였다. 액자들을 한쪽으로 치우고 바닥을 쓸던 할머니 어깨가 갑자기 들썩거렸다. 박자는 하나도 맞지 않았다. 재희도 싱글벙글 웃으며 할머니를 따라 했다. 미라 씨는 이리저리 왔다 갔다 할 뿐이었다.

"오빠도 빨리, 빨리."

깔깔거리는 재희가 내 손을 잡아끌었다.

엄마도 그랬다. 음악을 틀고 붓을 든 채로 춤을 추곤 했었다. 나와 재희도 그런 엄마 옆에서 함께 웃으며 춤을 췄다. 엄마 생각만 하면 죄를 짓는 것처럼 마음이 무거웠다. 이 답답함은 뭘까? 웃고 있지만 눈시울은 뜨거워지려고 했다.

마룻바닥은 누워도 될 만큼 깨끗해졌다. 겹겹이 싸여 있던 액자 맨 앞에 장미 넝쿨 집을 배경으로 가족 그림이 있었다. 양 갈래로 머리를 땋은 여자아이가 한눈에 들어왔다. 낯익은 얼굴이었다.

"어디서 봤지?"

"할머니 가족인가 봐."

재희가 가리키는 사람은 할머니와 많이 닮았다. 할머니는 걸레를 탈탈 털면서 딴청을 피웠다. 뭔가 숨기고 있는 게 분명했다.

"봉순이, 배고프다."

그러고 보니 내 배도 꼬르륵거렸다.

"오빠, 자장면 먹고 싶어."

할머니가 말했다. 첫날, 자장면과 탕수육을 먹은 범인은 할머니였다. 주방에서 나오다 내가 떨어뜨린 휴대폰을 맞은 것이다. 그것도 모르고 괜히 현아를 의심했다.

"장미 넝쿨 이층집, 자장면 세 개 보내 주세요."

"빨리 갈게요!"

주문은 현아가 받았다. 꼭 당장 달려올 것처럼 목소리가 밝았다. 주문을 하고 대문 앞에서 고개를 쭉 빼고 서 있었다. 기대와는 다르게 오토바이가 집 앞에 멈춰 섰다. 남자는 담배를 물고 자장면 그릇을 바닥에 던지듯 놓았다. 돈을 낚아채고 물고 있던 담배를 훅 하고 뱉어냈다. 그리고 유유히 떠났다.

"아동학대범."

남자의 뒷모습을 노려보며 담뱃불을 지근지근 밟았다.

8. 선생님이 되어주세요

할머니는 재희 입을 닦아주면서 맛있냐고 물었다. 좀 전에는 청소를 알아서 척척 했다. 치매 환자들은 스스로 못하기 때문에 요양병원에 입원시킨다. 장흥댁 아줌마가 잘 보는 드라마에서 그랬다. 그렇다면 기억상실이라는 말이다. 하지만 기억상실인데 같은 그림을 똑같이 그릴 수 있을까? 수상한 점이 한두 가지가 아니었다.

"할머니 정상이죠?"

탕수육을 입 안 가득 넣고 물었다. 할머니는 재희가 당황했을 때처럼 눈을 깜빡였다.

"오빠, 할머니는 기억을 잃었잖아."

"저 그림."

나는 손으로 그림을 가리켰다. 그 그림은 최근에 그린 그림이었다.

할머니 그림은 엄마 그림처럼 장미꽃 그림이 많았다. 꽃에 앉아 있는 벌까지 살아 있는 것처럼 생생했다.

"치매 환자나 기억을 잃은 사람은 저렇게 못 그려."

모두 그림을 유심히 보고 있을 때였다. 갑자기 할머니가 총채를 들고 흔들었다. 눈에는 흰자만 보였다.

"네 이놈들! 썩 물러가지 못할까? 여긴 내 집이다. 썩 물러가라!"

나와 재희는 깜짝 놀라 뒤로 물러났다. 미라 씨가 두 팔을 뻗어 할머니를 막았다.

"할머니, 진짜 미쳤어요? 내 동생은 큰 소리에 발작한단 말이에요!"

할머니는 재희를 보더니 갑자기 하품을 하기 시작했다. 어깨를 떨며 이불 위에 등을 보이며 누웠다.

"오빠, 왜 그래? 할머니가 불쌍하지도 않아?"

재희가 허리에 손을 올리고 나를 노려봤다.

"그게 아니라. 할머니가 숨기는 게 있는 것 같아서. 너도 걱정되고."

"언제부터 내 걱정 했다고. 휴~"

"뭐? 이 쪼그마한 게."

"지난 일을 기억 못 하는 사람도 있어. 안 하고 싶은 사람도 있고. 할머니뿐만 아니라 오빠도."

재희는 한숨을 푹 쉬었다.

"그게 무슨 말이야? 내가 기억 못 하는 게 있어?"

나는 재희 얼굴을 뚫어져라 쳐다봤다. 눈동자가 흔들렸다.

"진짜든 가짜든 할머니는 좋은 사람이야. 괴롭히지 마."

"너 언제부터 나한테 꼬박꼬박 대들었지?"

"나도 그럴 때가 있어. 오빠 미워."

재희는 한 번씩 유치원생답지 않게 말할 때가 있었다. 미라 씨는 한숨을 푹 쉬었다.

"미라 씨도 기억상실이에요?"

미라 씨는 눈만 끔뻑거렸다.

나는 씩씩대며 집으로 향하는 재희 뒤를 따라갔다.

"너, 어른 귀신이 빙의된 거지?"

"빙의가 뭔데? 칫."

현관으로 들어가자 아줌마는 손님과 이야기 중이었다.

"어머나, 네가 재희구나. 난 미술 선생님이야."

선생님은 재희에게 다가와 볼을 꼬집었다. 손톱이 길어서 찔릴 것 같았다. 입술은 피를 빨아먹은 것처럼 빨갰다.

"안녕, 오빠는 되게 잘생겼다."

미술 선생님은 집 안을 빙 둘러보더니 재희 방을 물었다. 재희는 선생님 손에 이끌려 이층으로 갔다. 나는 내 방으로 와 침대에 벌러덩 누워 재희가 했던 말을 되새겼다.

'내가 기억 못 하는 것이 있나?'

목이 말라 물을 마시려고 방을 나섰다.

"바보야, 시간만 때우면 된다니까."

미술 선생님 목소리가 들렸지만 대수롭지 않게 여겼다. 몇 분 후 선생님이 일층으로 내려왔다. 머리에는 하얀 종이 쪼가리가 붙어 있었고, 블라우스 리본은 옆으로 휙 돌아가 있었다.

"선생님, 식사하고 가세요."

주방에서 달려 나온 장흥댁 아줌마가 말했다.

"제가 그, 급한 약속이 있어서요. 가보겠습니다."

누가 봐도 도망치는 것 같았다. 나는 얼른 재희 방으로 갔다. 종이들이 바닥에 너저분하게 찢겨져 있었다. 예전처럼 선생님 앞에서 미치광이처럼 그림을 찢어 버린 것이 분명했다. 재희는 아무 일 없다는 듯 태블릿에 그림을 그리고 있었다.

"너, 또!"

"선생님, 싫어."

"왜 싫어? 너 좋아하는 그림이잖아."

"선생님이 통화하면서 나더러 바보라고 했어. 시간만 때우고 간데."

"뭐? 널 두고 하는 소리였어?"

재희는 싫고 좋음이 분명했다. 전에도 여러 번 선생님이 바뀌었다. 투정을 부렸지만 거짓말은 하지 않았다.

"할머니가 선생님이면 좋겠어."

"그게 가능하다고 생각해?"

재희는 나니를 꼭 끌어안았다. 그때 태경이한테 문자가 왔다. 체험학습 겸 해외로 간다는 문자였다. 선우랑 같이 간다며 자랑을 늘어놓았다. 끝말엔 시골 오지에 사는 내가 불쌍하다고 했다.

"쳇. 여기가 뭐 어때서."

꼭 무시당하는 것 같아 화가 나 답장은 남기지 않았다.

"이사 갈 거야."

재희가 말했다.

"뭐? 어디로?"

"창고에서 혼자 살 거야."

"내가 옆에 없어도?"

"응."

재희가 나랑 상관없이 혼자 산다고 했다.

"네가 드디어 독립을 하는구나."

말도 안 되는 소리가 왜 귓속에 팍 와닿는지. 갑자기 기분이 막 좋아졌다. 드디어 껌딱지 동생을 떼어 놓을 절호의 기회가 온 것이다.

"그럴까? 할머니를 선생님으로 만들어 볼까?"

할머니 그림 솜씨라면 미술 선생님으로도 손색은 없었다. 나도 모르게 주먹을 불끈 쥐었다.

"앗싸, 서울 갈 수 있어!"

"오빠, 서울 갈 거야?"

"아니!"

우리는 다시 창고로 향했다. 할머니는 그림을 그리고 있었다. 장미 넝쿨 이층집이 반은 완성되어 있었다. 그네에 앉아 있는 두 아이가 눈에 들어왔다. 꼭 재희와 나 같았다.

"할머니, 이제 괜찮아?"

재희가 할머니 목덜미에 매미처럼 달라붙었다. 좀 전과는 다르게 차분해졌다. 미라 씨는 구석에 앉아 있다 다가왔다.

할머니가 어떤 이유 때문에 이곳에 숨어 지내는지 묻지 않기로 했다. 치매나 기억상실이라는 것이 거짓이라도 이해하기로 했다.

"부탁이 있어요. 재희 미술 선생님이 되어주세요."

창고에서 집으로만 이동하면 밖에 나갈 일은 없으니 걱정 없었다.

"장흥댁 아줌마는 재희만 좋다고 하면 무조건 오케이예요. 재희가 좀 까다롭거든요. 집 안이니까 괜찮지 않을까요?"

"오빠, 아빠는 어쩌지?"

재희는 걱정스러운 표정으로 물었다.

"아빠는 우리한테 관심도 없고, 잘 오시지도 않으니 괜찮아."

할머니는 한참 만에 입을 열었다.

"미안하구나. 속이려고 한 것은 아닌데."

역시 할머닌 정상이었다. 치매도 기억상실도 아니었다. 그동안 연기한 것이 이제 확실해졌다.

"만약에 들키게 되더라도 할머니를 쫓아내지 않게 할게요. 장흥
댁 아줌마는 정도 많고 눈물도 많아요."

할머니가 뭘 걱정하는지 알고 있다. 마지막으로 한마디 더 했다.

"아빠에게만 들키지 않게 조심하면 돼요."

우리 얘기를 듣고 있던 미라 씨와 눈이 마주쳤다. 이상하게 거슬
렸다.

"내가 그래도 될까?"

"우리가 힘을 합치면 못할 게 없어요. 할머니도 돈 벌어야 하잖
아요."

자장면 값을 지불하느라 용돈이 바닥날 지경이었다.

"그래, 해 보자."

"할머니 최고!"

재희가 신난다며 박수를 쳤다. 일단 계획을 짜기로 했다. 하얀 소
복을 입고 아줌마 앞에 나서면 의심을 받을 게 뻔했다. 낡은 옷상
자에서 할머니 옷을 찾았다. 할머니가 옷을 갈아입고 나올 때마다
드라마에서 본 부잣집 여사님 같았다.

"우와, 원피스에 빵모자까지 정말 화가 같아요."

"나, 괜찮니?"

재희랑 나는 빙그레 웃으며 고개를 끄덕였다. 우리도 할머니 옷으로

갈아입고 패션쇼를 했다. 미라 씨에게도 원피스를 강제로 입혔다. 배꼽을 잡고 웃는 우리를 보며 미라 씨도 즐거운 듯 어깨를 흔들었다.

9. 아빠 때문이야

아침에 주방 분위기가 심상치 않았다.

"선생님께 그러면 안 돼."

아빠 목소리가 들렸다. 주방 앞에서 장흥댁 아줌마와 눈이 마주쳤다. 아줌마는 안절부절못했다.

"원장님, 재희가 많이 좋아졌어요, 아직 낯설어서 그런 거 같아요."

"그래도 그렇지. 내년에 일 학년이야."

"선생님이 미워…."

재희는 모깃소리처럼 작게 말했다.

"그래도 선생님 앞에서 그림을 찢으면 안 돼."

재희는 고개를 푹 숙였다. 오랜만에 만난 아빠는 수척해 있었다. 예전엔 항상 다정하고 귀찮을 정도로 스킨십을 하던 아빠였다.

하지만 지금 무표정으로 재희를 혼내고 있었다.

식탁에 앉기도 전에 약품 냄새가 났다. 미라 씨가 풍기는 냄새와 비슷했다. 나는 주변을 두리번거렸다. 미라 씨가 근처에 있는 것 같았다.

"재민아, 아빠한테 인사해야지."

간절히 필요할 때 우리는 안중에도 없던 아빠였다. 나는 재희 옆에 말없이 앉았다. 재희가 가끔 떼어내고 싶은 혹 같은 존재이긴 했다. 하지만 아빠에게 혼나는 동생을 그냥 두고 볼 수 없었다. 식탁 밑에서 재희 손을 슬그머니 잡았다. 항상 눈가에 눈물이 젖어 있던 재희가 요즘은 자주 웃었다. 아빠 때문에 재희가 우는 것을 보니 화가 났다.

"그 여자가 재희한테 바보라고 했어요."

"그 여자라니?"

아빠는 눈을 동그랗게 뜨고 나를 봤다.

"아빠는 적어도 재희 말을 들어줘야죠. 재희가 바보 소리를 들어도 되는 아이예요?"

장흥댁 아줌마가 다급하게 말했다.

"오매, 몹쓸 선생님이네. 나도 원장님도 몰랐어. 원장님이 그동안 힘들어서 내가 알아서 한다는 것이 사람을 잘못 봤네."

"힘들면 그냥 끝까지 우릴 버리지 그랬어요!"

가슴속에 곪은 상처가 팍 터지는 느낌이었다.

"너! 이 녀석. 그게 말이라고 해?"

아빠의 목소리가 커졌다.

"재민아, 그러면 안 돼. 원장님도 사정이 있었어."

"그 사정이 우리보다 중요했어요? 우리한테서 엄마를 빼앗은 건 아빠잖아요!"

아빠 표정이 일그러졌다.

"아악!! 아악…!"

재희가 갑자기 크게 울부짖으며 몸을 앞뒤로 흔들기 시작했다. 엄마라는 단어, 가시처럼 아픈 단어. 재희 앞에선 금기어였다.

"재희야. 나는…"

결국 엄마라는 단어를 재희 앞에서 말하고 말았다. 비명을 지르며 우는 동생을 보니 가슴이 아려왔다. 아줌마가 진정시키려 했지만 소용없었다.

나는 가방을 들고 밖으로 달리기 시작했다.

'엄마를 잃은 것도 재희가 아픈 것도 다 아빠 때문이야.'

설움이 한꺼번에 몰려들었다. 내가 멈춘 곳은 운동장 한가운데였다.

"엄마! 엄마! 엄마!"

그동안 가슴속에 꽁꽁 묻어두었던 부름이었다. 참았던 눈물이 주르륵 흘렀다. 그리움은 애타게 불러도 줄어들지 않았다. 목이 터져라 부르고 나니 풍선처럼 부풀었던 마음이 조금씩 꺼졌다. 하지만 머릿속에 떠오를 듯 말 듯 뭔가 기억해야 할 것이 더 있는 것 같았다. 생각할수록 머릿속에 안개가 낀 것처럼 답답하기만 했다. 정체 모를 미안한 감정이 꾸역꾸역 솟구쳤다.

눈물을 닦고 교실로 향했다. 책을 꺼내 펼쳐 놓고 엎드리자 반 아이들이 하나둘 오더니 수군거렸다.

"귀신한테 시달린 것 아냐?"

종일 귀찮은 관심에서 벗어나기 위해 학교가 끝나자마자 밖으로 나왔다. 집으로 곧장 가지 않고 발길이 이끄는 대로 배회했다. 논과 논 사이를 걸었고, 다리 위에 앉아 흐르는 개울물을 보며 시간을 보냈다. 갈 곳을 잃은 것처럼 천천히 마트를 지날 때였다.

"어이!"

중학생 형들이었다. 내 어깨에 손을 두르고 골목으로 데려갔다.

"가진 돈 있으면 좀 줘 볼래?"

"없어요."

"지갑하고 가방 좀 보자."

"싫어요."

형들은 실실거리며 나를 벽으로 밀쳤다.

"어쩌냐? 이 동넨 좁아서 우리 자주 볼 것 같은데."

"보긴 뭘 봐. 나를 좀 보시지, 형들."

정우였다. 반 친구들까지 우르르 몰려왔다. 다들 허리에 손을 올리고 씩씩대고 있었다.

"정우 친구였어? 그냥 장난쳐 봤어."

형들은 도망치듯 빠른 걸음으로 골목을 빠져나갔다. 정우랑 아이들이 다가왔다.

"괜찮아? 다음에 괴롭히면 나나 요기, 마트 아줌마한테 말해도 돼. 우리 엄마거든."

마트는 정우네 가게였다.

"왜 나를 도와주는 거야?"

"왜라니. 친구끼리는 돕기도 하고 그러는 거지. 저 형들이 또 그러면 내 이름만 대. 그럼, 이만 축구하러 갈게."

친구들은 어깨동무하며 우르르 몰려갔다. 외모만으로 정우를 불량학생으로 생각했다. 내 생각이 틀렸다. 친구라는 말이 머릿속에서 크게 메아리쳤다.

"저기, 하정우. 나도 끼워줄래?"

아이들이 환호성을 질렀다. 이게 그렇게 반가운 일인지 몰랐다. 정우는 나를 자신의 겨드랑이 사이에 끼우고 운동장으로 갔다.

축구하는 동안 실수로 한 아이가 상대편 선수를 넘어트렸다. 정우는 누구랄 것 없이 먼저 손을 내밀고 옷도 털어 주었다. 다른 아이들도 마찬가지였다. 여기 아이들에게 친구란 가족 같은 존재 같았다.

축구가 끝나갈 때쯤 전화를 받았다. 장흥댁 아줌마였다.

"재희가 사라졌어야."

가슴에서 툭 하고 심장이 떨어져 나간 것 같았다.

10. 재희가 사라졌다

비가 오려는지 날이 후덥지근했다. 땀을 뻘뻘 흘리며 집에 도착했다. 바로 창고로 향했다. 할머니와 미라 씨도 보이지 않았다. 장흥댁 아줌마에게 전화를 했다.

"어린것이 어디로 갔을까나. 아직 못 찾았어."

"경찰에 신고해요."

말해 놓고 걱정이 됐다. 할머니랑 같이 있으면 신고해선 안 된다. 우리 비밀이 탄로 날 것이다. 빨리 찾아야 했다.

"원장님이 더 찾아본다고 하셔."

아줌마는 다급한 목소리로 숨을 헐떡이며 말했다.

막상 재희가 없어지니 겁이 났다.

'재희가 없으면 나는 견딜 수 있을까?'

현아가 집 앞을 서성이고 있었다.

"동생이 사라졌다며."

"어떻게 알았어?"

"재민아!"

정우와 친구들도 달려오고 있었다.

"아직 못 찾은 거야?"

친구들은 내가 뭐라고 말하기 전에 일사불란하게 팀을 나눴다.

"학교 팀, 동네 팀 알지? 무조건 찾으면 전화 연락하기."

정우가 외치자 일사불란하게 달려갔다. 우리 집 일을 자신들의 일처럼 도와주는 친구들이 고마웠다. 나는 정우와 현아랑 함께 갔다. 정우가 잠깐 다른 곳으로 달려가자 현아에게 말했다.

"너, 부모님한테 혼나면 어쩌려고 그래?"

"부모님 아니고 먼 친척이야. 그리고 오늘 쉬는 날이야."

"먼 친척이라고?"

현아는 고개를 끄덕였다.

"혹시, 또 없어진 사람 없어?"

"누구?"

나는 모르는 척했다. 비밀을 지켜야 했기 때문이다.

"그런데 너 어떻게 알고 나보다 먼저 집에 왔어? 정우가 말했어?"

현아의 표정이 어두워졌다.

"지나가다 들었어. 어떤 아저씨하고 아줌마가 재희를 부르며 돌아 다녔어."

"우리 아빠하고 장흥댁 아줌마."

빗방울이 한 방울씩 떨어지더니 거세졌다. 현아와 나는 비를 맞으며 마을을 돌아 다시 집 앞으로 왔다. 도시도 아니고 사방이 확 트인 시골에서 동생 하나 찾지 못하다니, 불안했다.

"나 때문이야."

발밑에 있는 막대를 집어 들고 담장 위에 핀 장미꽃을 쳤다. 잎과 꽃들이 바닥에 우수수 떨어졌다.

"이게 다 무슨 소용 있어."

"재민아, 꽃은 죄가 없어. 그만해, 다쳐."

현아가 내 손을 잡았다. 어쩌면 꽃이 아니라 나 자신을 혼내고 싶었는지 모른다.

"오빠?"

등 뒤에서 재희 목소리가 들렸다. 나는 얼른 옷소매로 얼굴을 닦았다. 재희는 할머니 등에 업혀 있다가 내렸다.

"너, 어디 있었어! 오빠가 얼마나 걱정했는지 알아?"

내가 소리치자 재희가 울기 시작했다.

"오빠는 어디 갔었어? 나 버리고 서울 가버린 줄 알았잖아."

"내가 너를 왜 버려. 너 진짜 바보야?"

"터미널에서 오빠 찾다가 넘어져서 약국에 다녀왔어."

재희는 붕대 감은 무릎을 보여 줬다.

"할머니!"

갑자기 현아가 할머니를 끌어안았다. 울던 재희가 놀라 눈물을 뚝 그쳤다.

"미안해 할머니. 미안해. 그동안 못 와서 미안해."

"아니다. 내 새끼."

현아는 할머니를 끌어안고 눈물을 흘렸다.

"둥근 머리 언니가 할머니 새끼였어?"

재희가 내 옆으로 와 손을 잡았다. 작고 차가운 손이었다.

현아는 할머니 손녀였다. 이사 첫날 골목에 숨어 집을 살핀 이유가 할머니 때문이었다. 정우가 모퉁이를 돌아 달려왔다. 재희와 할머니를 보고 깜짝 놀랐다.

"재민이 동생 찾았다. 내일 학교에서 보자. 전달."

정우는 휴대폰으로 아이들에게 연락했다.

"고마워, 정우야."

"정말 다행이다. 너도 현아도."

정우는 할머니에게 머리를 푹 숙여 인사했다. 그동안 할머니가 창고에 숨어 지냈다는 것도 알게 되었다.

"살아계셔서 다행이에요. 우리 엄마가 얼마나 걱정했는지 몰라요."

정우는 집으로 돌아갔다. 비밀은 지키기로 했다.

아빠와 장흥댁 아줌마는 연락을 받고 집으로 오는 중이었다. 나는 재희를 업고 본채로 향했다.

"재희야, 괜찮아? 아침엔 오빠가 정말 미안했어."

"오빠, 나 두고 가지 마."

"응."

종일 울었는지 눈이 퉁퉁 부어 있었다. 옷을 갈아입고 침대에 눕자마자 잠이 들었다. 무릎에 붙인 거즈가 피로 얼룩져 있었다.

"재희 어디서 찾았니?"

비를 흠뻑 맞은 아빠와 장흥댁 아줌마가 달려오며 물었다.

"집 앞에서요."

"오매, 얼마나 다행인지 모르겠어."

아빠는 재희 이마를 짚어 보더니 이불을 덮어주었다. 비를 맞으며 찾으러 다녔는지 흰 와이셔츠는 젖어 있었다. 가슴 부분에 붕대가 보였다. 선홍빛 얼룩이 져 있었다. 피였다.

"아빠, 가슴에 피가…"

당황한 아빠는 얼른 아래층으로 서둘러 내려갔다.

"아줌마, 아빠 다쳤어요? 왜 피가 나요?"

"잉? 으짜꼬. 말하지 말라고 했는데."

아줌마는 난감한 표정이었다.

"재민아, 원장님은…. 오매 내 정신
좀 봐, 바닥에 물을 뚝뚝 흘렸네."

아줌마는 말하다 말고 젖은 옷을 갈아입으러 급하게 방을 나갔다. 아빠와 아줌마만 아는 비밀이 있는 것 같았다. 재희가 했던 말이 떠올랐다.

'지난 일을 기억 못 하는 사람도 있어. 안 하고 싶은 사람도 있고. 할머니뿐만 아니라 오빠도.'

"재희야. 너만 아는 비밀이 있는 거니? 혹시 아빠와 연관 있는 거니?"

잠든 재희를 쳐다봤다. 가슴이 답답했다. 나는 창고로 향했다.

"동생은 어때?"

현아가 기다렸다는 듯이 물었다.

"잠들었어. 할머니는?"

"씻고 계셔."

이제 현아 이야기를 들을 차례였다.

"여긴 우리 집이었어."

현아 아빠는 건설회사 사장님이었다. 회사가 부도나자 아빠는 실종됐고, 엄마는 아빠를 찾으러 갔다. 그리곤 소식이 끊겼다고 했다. 현아는 훌쩍였다. 빚을 지고 쫓기자 친척들도 받아주지 않았다. 그래서 할머니는 숨어 살았고 현아는 만리장성에 머물게 됐다.

"할머니는 새로 이사 온 사람들을 확인하는가 봐. 혹시 엄마, 아빠가 돌아왔는지 말이야."

"그랬구나. 나도 처음엔 진짜 귀신인 줄 알았어."

"도망치고 싶어도 할머니랑 갈 곳이 없어…."

현아 눈에서 눈물이 주르륵 흘러내렸다. 만리장성 아저씨에게 폭행을 당하면서도 견딘 건 할머니를 챙기기 위해서였다. 그게 가족이라고 말했다. 현아를 보고 느낀 점이 있었다. 나는 내 슬픔이 더 크다고 생각했다. 재희가 어려도 그 슬픔의 크기는 작지 않았을 것이다. 따뜻하게 대해주지 못했던 지난날을 후회했다.

서둘러 본채로 돌아왔다. 나는 재희 손을 꼭 쥐었다.

"나도 이렇게 힘든데. 일곱 살 너는…."

내 아픔만 세상에서 제일 크다고 생각했다. 감정조절이 안 돼 가장 가까운 재희에게 늘 차갑게 대했다. 나 자신이 얼마나 이기적이었는지 이제야 알았다. 눈에 눈물이 차올랐다.

"오빠가 잘못했어, 미안해, 재희야."

재희 무릎에 거즈가 새것으로 갈아져 있었다.

방을 나설 때였다. 미라 씨가 계단을 내려가고 있었다. 조용히 미라 씨 뒤를 따라갔다.

"여기서 뭐 해요?"

깜짝 놀란 미라 씨가 뒤돌아봤다. 우리는 정원으로 향했다.

"도대체 정체가 뭐예요? 이젠 대담하게 우리 집을 돌아다니다니."

미라 씨와 나란히 그네에 앉자 삐걱삐걱 뼈 깎는 소리가 났다.

"할머니처럼 기억을 잃은 척은 하지 마요. 안 믿을 거니까."

미라 씨는 고개를 끄덕이며 장미꽃을 쳐다봤다.

"난 이곳이 싫어요. 내가 꿈꾸던 집인데 함께하고 싶은 사람이 곁에 없으니까요. 하지만 어디를 가도 마찬가지라는 것을 오늘 알았어요."

묻지도 않는 말을 꺼냈다.

"더 늦기 전에 가족들에게 돌아가요. 정말 절실한 순간에는 기다림이 길게 느껴지거든요."

장미 넝쿨을 바라보는 미라 씨의 어깨가 흔들거렸다.

11. 단단이 나무

학교 가는 내내 재희 손을 놓지 않았다. 재희 가방이 유난히 신나게 흔들거렸다. 교실에 들어가자 반 아이들이 기다렸다는 듯이 몰려들었다.

"동생 찾아서 다행이야."

"응, 모두 고마워."

"뭘, 그런 것을 다 고마워한대. 친구끼리."

정우가 윙크를 하자 아이들이 웃어댔다. 현아도 뒤돌아 빙그레 웃고 있었다.

"현아 너, 오늘 완전히 달라 보인다."

정우가 말했다. 앞머리를 올리고 머리핀을 꽂았는데 예뻤다. 현아는 부끄러운 듯 고개를 돌렸다. 쉬는 시간 정우가 아이들이 없는 조용한 곳으로 불렀다.

"우리 엄마가 할머니 엄청 걱정하더라."

"비밀이라고 했잖아."

"우리 엄마는 믿어도 돼. 의리 있거든. 반찬 만들어 준다고 집에 들렀다 가라고 했어."

정우가 나쁜 친구가 아닌 걸 알기에 비밀이 새어 나갈 걱정은 없었다. 하교 후 정우네 가게로 갔다.

"장미 넝쿨 이층집에 너희 식구가 이사 와서 고맙다."

이사 와서 고맙다는 말을 들으니 괜히 얼굴이 뜨거워졌다. 반찬을 얼마나 챙겨주셨는지 팔이 아플 지경이었다.

"또 사라진 거야?"

할머니가 보이지 않았다. 반찬 꾸러미를 놓고 얼른 본채로 달려갔다.

"아줌마, 재희는요?"

"재희 지금 선생님 오셔서 그림 그리고 있어."

"선생님이요?"

나는 이층으로 올라갔다. 방문을 살짝 열어봤다. 재희가 깔깔대며 웃었다. 할머니는 패션쇼를 했던 옷과 빵모자를 썼다. 화장까지 한 할머니는 귀신 김봉순 할머니와는 전혀 다른 사람처럼 느껴졌다.

"할머니."

"오빠, 할머니가 아니고 김봉순 선생님이야."

할머니가 실수하지 않을까 걱정됐다. 나는 일층으로 다시 내려와 아줌마 동태를 살폈다. 아줌마는 청소하느라 바빴다.

"아줌마, 아빠는 언제 오세요?"

"내일 오신다고 했어."

나는 정원으로 나와 그네에 앉았다. 아빠 가슴에 있던 핏자국이 생각났다. 왜 가슴에 피가 났을까? 미라 씨는 가족들에게 잘 돌아갔을까?

"무슨 생각해?"

현아였다. 손에는 탕수육 쟁반이 들려 있었다.

"이 그네. 우리 아빠가 할머니와 나를 위해 만들어 주셨어."

현아가 쟁반을 내려놓고 내 옆에 앉았다. 나란히 앉아 있으니 괜히 기분이 이상하면서도 좋았다. 나는 의자를 앞뒤로 흔들었다. 현아는 두 다리를 높이 들고 빙그레 웃었다.

"단단이 나무 볼래?"

"단단이 나무?"

현아가 자리에서 일어나 정원수 사이로 갔다. 장미 넝쿨 끝쯤이었다.

"이 나무가 단단이 나무."

"단단이는 뭐야?"

"어떤 일이든 단단하게 살아가라고 부모님이 지어준 내 별명."

"나무가 꺾여 있잖아."

가지가 부러져 있었다.

"조그만 할 때 내가 부러뜨렸어. 나도 너처럼 화가 났었거든. 우리 가족을 불행하게 만드는 나무라고 생각했어."

나무를 심고 얼마 안 돼 빚쟁이들이 찾아왔다고 했다. 현아는 무릎을 꿇고 나무를 어루만졌다.

"단단아, 내가 네 팔을 꺾고 허리를 꺾어서 미안했어."

두 손을 마주 잡고 눈을 감았다. 소원을 비는 것 같았다.

"네 소원이 이루어졌으면 좋겠다."

"내 소원이 뭔지 알아?"

"헤어진 가족들을 만나 함께 행복해지는 거."

현아가 고개를 들고 빙그레 웃으며 말했다.

"너도 소원 빌래?"

얼마 전까지 나는 서울로 돌아가는 게 간절한 소원이었다. 이젠 아니다.

"소원이 생기면 빌게."

"아차, 탕수육 가져왔어. 재희가 맛있다고 해서."

"재희 좋아하겠다. 할머니는 오늘부터 재희 미술 선생님이야."

"정말? 들키면 어쩌려고."

"걱정 마."

우리는 창고로 갔다. 한참 후 재희와 할머니가 들어왔다.

"우리 가족이 많아서 좋아."

재희가 말했다.

"가족?"

"할머니도 생기고 언니도 생겼잖아."

재희는 할머니 손을 꼭 잡았다.

"너 기억 안 나? 할머니를 애완동물로 키우고 싶다고 했잖아."

나는 현아에게 일러바치듯이 말했다. 재희가 갑자기 씩씩대더니 탕수육을 내 입에 집어넣었다.

"오빠는 할머니가 귀신인 줄 알고 얼마나 떨었는지 몰라. 겁쟁이."

"뭐? 아, 아니거든!"

우리는 서로를 보며 웃었다.

본채로 왔을 때 아줌마는 소파에서 꾸벅꾸벅 졸았다.

"뭔 산책을 그리 오래 한다니. 밥 먹어야지."

다행히 아줌마는 눈치를 못 챘다.

"밖에서 사 먹었어요, 제가 재희 약도 먹이고 잠도 잘 재울게요."

"우리 재민이 다 컸네."

재희는 얼굴을 찡그렸다.

"약 싫어."

"걱정 마, 네가 잠자는 공주가 되면 오빠가 깨워줄게!"

"오빠가 왕자님이 된다고?"

"아니, 장미 가시로 찔러줄게. 푸흡."

나는 재희에게 윙크를 했다. 아줌마는 우리 대화를 듣고 빙그레 웃으며 방으로 들어갔다. 우리는 각자 방으로 달렸다. 베개를 챙겨 들고 창고로 갈 생각이었다.

"재희야. 너 단단이 나무 볼래?"

"그게 뭐야?"

재희와 함께 단단이 나무 앞에 섰다.

"이 나무가 단단이 나무야. 이 나무에게 소원을 빌어 볼래?"

"진짜, 소원을 들어주는 나무야?"

재희는 가슴에 베개와 나니를 끌어안고 두 손을 마주 잡았다.

"보고 싶은 사람이 있어요. 꿈에서라도 한 번만 만나게 해주세요."

나는 재희가 꼭 만나고 싶은 사람이 누군지 짐작이 갔다.

'엄마 이야기만 해도 경기를 하는데 지금은 괜찮은 것일까? 꼭 해야 할 말은 뭘까?'

내 꿈에 나타난 엄마는 항상 불길 속에 있었다. 너무 두렵고 슬픈 꿈이었다.

정원으로 나와 하늘을 봤다. 하늘에 박힌 별들이 쏟아져 내릴 것만 같았다. 시골은 사방이 어둠뿐이라서 별이 더 잘 보였다.

현아와 할머니가 다가왔다.

"여기서 뭐 해?"

"별 구경."

재희가 말했다. 할머니도 현아도 고개를 들어 장미꽃처럼 무수히 핀 별들을 봤다.

"할머니랑 창고에서 함께 잘래요."

재희는 신나서 할머니의 손을 이끌고 창고로 먼저 달려갔다. 그때였다. 골목에서 오토바이 소리가 들렸다. 현아는 몹시 당황한 눈치였다.

"재민아! 할머니 절대로 밖으로 나오면 안 돼!"

현아는 신신당부를 하며 밖으로 급하게 뛰어갔다. 느낌이 좋지 않았다.

12. 만리장성 아저씨

다음 날 평소보다 더 일찍 학교로 향했다. 어제 들었던 오토바이 소리가 내내 걸렸다. 불길한 예감은 틀리지 않았다. 현아가 학교에 오지 않았다. 나는 정우에게 사실을 털어놓았다. 정우도 현아를 걱정했다.

"만리장성 아저씨는 전과범이야."

"뭐?"

아저씨는 폭행, 사기, 상습도박 전과자였다. 현아네 집이 잘살 때 형편이 어려운 만리장성 아줌마와 아저씨는 할머니 도움을 많이 받았다. 상황이 어려워지니 할머니는 그림을 팔아 만리장성 가게를 차려 주고 현아를 부탁했다.

"경찰들도 여러 번 다녀갔지만 현아가 처벌을 원하지 않았어."

"왜?"

"그때는 몰랐지만 할머니 때문이었던 거 같아."

현아는 맞고 살면서도 꿋꿋이 버텨야 했다. 창고 밖으로 나올 수 없는 할머니를 가까이에서 챙겨야 했기 때문이다. 현아를 도와주려고 했던 사람들도 보복이 두려워 쉽게 나서지 못했다. 아저씨는 동네 사람들에게도 행패를 부렸다.

"할머니 그림이 돈이 된다고 했어. 그래서 할머니를 찾고 있나 봐."

"뭐? 진짜 무서운 사람이잖아."

창고에 있는 많은 그림들이 떠올랐다. 어쩌면 그림을 노리고 현아를 감시했는지도 모른다. 정우와 나는 학교가 끝나고 만리장성으로 갔다.

"저기요, 아무도 안 계세요?"

가게 안쪽에서 아줌마가 나왔다. 아줌마 얼굴은 퉁퉁 부어 있었고 입술이 터져 있었다.

"아줌마, 현아 없어요? 학교에도 안 왔어요."

"내가 못 살아. 이 인간이 일 저지를 줄 알았어."

아줌마도 모르는 상황 같았다. 우리는 가게 밖으로 나왔다. 골목에서 오토바이가 소리가 들렸다. 달려가 보니 현아가 바닥에 쓰러져 있었다. 몸이 불덩이처럼 뜨거웠고 구타를 심하게 당한 것 같았다.

"할머니, 할머니는…?"

현아는 숨이 넘어갈 듯 할머니를 찾았다.

"할머니는 창고에 계셔."

"할머니가 위험해…"

현아는 그 말을 하고 정신을 잃었다.

"현아야, 최현아!"

정우가 엄마에게 전화를 걸었지만 받지 않는 모양이었다. 정우는 현아를 업고 마트로 향했다. 손님과 이야기하던 정우 엄마는 놀랐다.

"오매, 뭔 일이다냐."

"엄마, 병원으로 빨리요. 재민이 너는 할머니한테 가봐."

정우가 헐떡이며 말하자 정우 엄마가 차에 시동을 걸었다. 나는 다시 집으로 달렸다. 재희가 전화를 받지 않았다.

집 앞에 못 보던 트럭이 한 대 있었다. 검은 마스크를 쓴 아저씨가 그림들을 차에 실었다. 다시 창고로 향할 때 나도 얼른 대문 안으로 들어갔다.

문 열린 창고 안에서
재희 울음소리가 들렸다.
계단을 내려가자 그림을 든 아저씨가 흠칫 놀랐다.
　"신경 쓰지 말고 그림 옮겨."
　만리장성 아저씨가 명령했다. 재희는 쓰러진 할머니 옆에 쪼그리
고 앉아 울고 있었다.
　"재희야."
　"오빠, 할머니가 아파…."
　나는 할머니를 부축했다.
　"재희야, 먼저 나가."
　"어딜 가려고?"
　"할머니와 제 동생을 밖으로 데려가게 해주세요."
　아저씨의 한쪽 입술이 올라갔다.
　"왜? 밖에 나가서 신고하게?"

"네 이놈, 천벌을 받을 놈! 내 새끼한테도 모자라 죄 없는 아이들까지, 네가 무사할 것 같으냐?"

할머니가 소리쳤다. 온몸이 부들부들 떨리고 있었다.

"죽은 척, 감쪽같이 속이고 잘도 숨어 있었네."

아저씨는 할머니와 나를 벽으로 밀쳤다.

"내가 당신 손녀 먹여주고, 입혀주고, 재워주고 얼마나 돈이 깨진 줄 알아?"

"현아를 노예처럼 부리고 폭행한 것이 보살피는 것은 아니잖아요."

나는 만리장성 아저씨를 노려보며 소리쳤다. 아저씨는 물고 있던 담배를 습관처럼 뱉으며 말했다.

"꼬맹이가 뭘 안다고 나서."

"이놈. 내 결코 너를 용서하지 않으리!"

할머니는 이젤을 들어 아저씨에게 던졌다. 아저씨는 한 팔로 막아버렸다.

"이 노인네가 미쳤나!"

아저씨는 거칠게 할머니를 밀어붙였다. 할머니가 뒤로 밀려나면서 뒤에 서 있던 나는 벽에 머리를 부딪혔다. 머리가 깨질 듯이 아팠다. 귓속은 윙윙거렸고 온몸에 힘이 쭉 빠졌다. 재희와 할머니가 부르는 소리가 멀어졌다.

13. 그날의 기억

누군가 나를 불렀다. 너무나 익숙하고 따뜻한 목소리였다.

"재민아, 일어나야지."

"엄마?"

"이 잠꾸러기, 오늘 재희 생일이야. 오빠가 잊으면 되니?"

"진짜 엄마야?"

웃고 있는 엄마를 보니 눈물이 났다.

"엄마, 보고 싶었어. 미안해. 정말 미안해."

엄마가 책상 위에 있는 케이크를 가리켰다.

"엄마는 화실에 있을게. 재희 깨면 파티하자."

"엄마."

나는 목이 터져라 화실로 들어가는 엄마를 불렀다. 재희가 어느 순간 내 앞에 서 있었다. 케이크를 들고 있는 재희는 신나 보였다.

"오빠 빨리 불 켜줘. 오빠가 올 때까지 커튼 뒤에 숨어 있을게."

케이크에 불이 켜졌다. 화실로 가는 재희의 뒷모습이 보였다.

"아차. 오빠, 고깔모자 가져와."

"재희야, 안 돼!"

나는 필사적으로 소리쳤지만 재희는 듣지 못했다. 그 순간, 화실에서 불길이 활활 타올랐다. 내가 소리치자 아빠가 짐 가방을 던지고 달려왔다.

"재민아, 무슨 일이야."

"아빠, 도와주세요. 재희랑 엄마가…."

말이 끝나기도 전에 아빠는 온통 검은 연기 속으로 뛰어 들어갔다. 한참 후 연기 속에서 재희를 안고 나왔다. 화실에서 와장창 무너진 소리가 들렸고 불길은 더 치솟았다.

아빠가 화실 문 앞에서 소리치고 있었다. 옷에 불이 붙어 타고 있었다.

사람들이 달려와 아빠를 붙잡았다. 옷에 붙은 불을 끄는 동안 아빠는 엄마 이름을 수없이 부르며 울부짖었다.

어느 순간 아빠는 넋이 나간 내 얼굴을 잡고 말했다.

"재민아, 모든 것은 아빠 때문이야, 재희를 부탁한다."

아빠의 두 눈에는 눈물이 주르륵 흘러내렸다. 아빠는 엄지와 중지를 이용해 소리를 냈다. 딱 소리와 함께, 꿈을 꾸듯 깊은 수렁에 빠지는 것 같았다.

나는 어지러웠지만 몸을 일으켜 세웠다. 정신을 차리려고 노력했다.

"아빠 때문이 아니라 나 때문이었어."

재희가 말한 내가 기억하지 못한 것이 이것이었다.

"내가 케이크에 불을 붙였기 때문에…. 나였어. 나 때문이었어."

나는 가슴을 쥐어뜯으며 울음을 삼켰다. 슬픔이 가시가 되어 가슴에 박히는 것 같았다. 아빠는 최면을 걸었던 것일까? 아님 내 스스로 기억을 지운 것일까? 이마에서 흐르는 피가 볼을 타고 흘러내렸다.

"살려 주세요, 제발 살려 주세요…!"

재희의 울부짖는 목소리가 들렸다.

정신을 차리고 보니 그림에 불이 붙었다. 만리장성 아저씨가 습관적으로 버린 담배꽁초가 원인이었다. 매캐한 냄새와 연기 때문에 숨을 쉬기가 힘들었다.

"안 돼! 내 돈, 내 그림!!"

만리장성 아저씨는 불을 끄려고 겉옷을 벗어 휘둘렀다. 그럴 때마다 부채질을 한 것처럼 불은 더 크게 번졌다. 창고는 순식간에 연기로 가득했다. 시뻘건 불길이 점점 더 크게 번지자 아저씨는 밖으로 도망쳤다. 할머니와 재희를 밖으로 데리고 나가야 했다.

"재희야, 절대로 내 옷 놓지 마, 옷소매로 입을 막아."

나는 할머니를 부축했고 재희는 울면서 내 옷을 잡고 낮은 자세로 따라왔다. 불길이 치솟는 그림들을 피해 겨우 계단까지 올랐다. 문 입구도 연기로 가득 찼다.

아무리 잡고 흔들어도 문이 열리지 않았다.

"살려 주세요, 여기 사람 있어요!"

연기 때문에 숨을 쉴 수가 없었다. 우리는 연기가 덜 있는 계단 아래로 다시 내려갈 수밖에 없었다.

"오빠, 우리도 엄마처럼 죽는 거야? 콜록콜록."

나는 재희를 끌어안았다. 문 쪽에서 소리가 들렸다.

"재민아, 재희야!"

목소리가 들렸다.

"도와주세요. 여기 있어요!"

우리에게 달려오는 사람은 붕대를 감은 미라 씨였다. 하지만 자세히 보니 얼굴은 붕대를 감지 않았다.

"…아빠가 왜?"

"재민아, 따라올 수 있니?"

아빠는 재희를 번쩍 안아 계단을 올라갔다. 나는 아빠를 따라가다 정신이 혼미해졌다. 어렴풋이 아빠가 부르는 소리를 들었다. 그리고 공중으로 붕 뜨는 느낌이 들었다.

"재민아."

"아빠, 제발 엄마를 꼭 구해주세요."

나는 꿈을 꾸듯 할머니가 아니라 엄마를 구해 달라고 애원했다.

"그래, 아빠가 꼭 구할게."

아빠는 연기 속으로 달려갔다. 환영처럼 아빠는 엄마를 구하러 연기 속으로 달려 들어갔다.

몸에 불이 붙은 아빠는 아랑곳하지 않았다. 다시 엄마를 구하러 들어가려고 했다. 사람들이 달려와 아빠를 막았다. 나는 손을 뻗어 엄마를 부르며 울부짖었다. 불꽃이 시야를 완전히 집어삼켰다.

"재민아, 숨을 천천히 크게 쉬어."

언제 왔는지 정우가 옆에서 가쁜 호흡을 하며 숨 쉬라고 계속 소리쳤다. 숨이 쉬어지자 환영에서 현실로 차츰 정신이 돌아왔다. 119소방대원들과 경찰들까지 보였다. 나는 창고를 향해 비틀거리며 걸었다.

"아빠가, 우리 아빠가…."

정우가 나를 붙잡았다. 얼굴은 눈물과 콧물로 범벅이 됐다.

"제발 누구라도 우리 아빠를 도와주세요…!"

나는 절규하며 간절히 빌고 또 빌었다.

"아빠, 아빠!"

그때, 소방대원들의 부축을 받으며 아빠가 할머니를 업고 나왔다.

아빠는 기침을 하느라 정신이 없는 와중에 팔을 벌려 나를 안았다.

"아빠! 엄마가 돌아가신 건 나 때문이었어요."

"아니야, 절대 아니란다. 그렇게 생각할까 봐 기억을 지운 건데…."

"네?"

아빠와 더 이야기할 수 없었다. 우리는 각자 들것에 실려 구급차에 올랐다. 병원으로 이송돼 치료를 받고 있을 때였다. 장흥댁 아줌마가 두 팔을 허우적거리며 달려왔다. 아줌마는 묶여 있었다고 했다. 만리장성 아저씨 짓이었다.

"우리 아이들을 지켜주셔서 고맙습니다. 원장님은 수술을 여러 번 해서 몸도 상치 않을 텐디."

"그게 무슨 말이에요?"

"아이고, 절대로 말하지 말라고 혔는디. 걱정한다고."

아줌마는 솔직히 털어놓았다. 아빠는 우리와 떨어져 지내는 동안 화상 때문에 피부이식 수술을 받아야만 했다. 그래서 우리를 만나러 올 수 없었다.

"원장님은 미라처럼 붕대를 감고서도 너희들 옆에 있고 싶어 했단다."

나는 그 말을 듣고 할 말을 잃었다. 아줌마도 알고 있었다.

"우리는 안중에도 없는 줄 알았는데…."

나는 고개를 떨구고 나지막하게 말했다.

"재민아, 재희야 괜찮아?"

정우였다.

"정우 오빠 아니었으면 우리는 진짜 귀신이 될 뻔했어."

재희가 링거를 맞고 있는 손을 높이 들고 흔들었다.

"다행이야. 만리장성 아저씨는 붙잡혔어. 죗값을 톡톡히 치르면 좋겠다."

만리장성 아저씨는 장미 넝쿨 담장 밑에 숨어 있다가 공범들과 함께 잡혔다.

"정우야, 고마워."

"또 그 소리. 친구라면 당연한 거야."

정우는 빙그레 웃으며 머리를 긁적였다.

"할머니한테 갈래."

재희가 앞장섰다. 바로 옆방이었다.

"할머니 일어나, 눈 좀 떠보란 말이야. 다 나 때문이야…."

현아가 자책을 하며 울고 있었다. 그 모습이 꼭 나 같았다. 얼굴이 울긋불긋 피멍에 눈도 많이 부어 있었다.

"오빠, 할머니 잠자는 공주 같아."

재희는 할머니에게 다가가 볼에 뽀뽀를 했다. 나도 할머니가 빨리 일어나길 바랐다.

늦은 시간, 나는 아빠 병실로 갔다. 아빠는 잠들어 있었다.

아빠는 몸에 불이 붙었어도 아랑곳하지 않고 엄마를 구하려고 했었다. 왜 그런 아빠가 엄마를 구하지 않았다고 생각했는지. 머릿속이 복잡했다. 울음을 애써 참았더니 어깨가 들썩였다.

"아빠, 저 때문에 엄마가 돌아가신 거 같아요. 촛불만 켜지 않았더라면…"

"아니야, 절대 아니란다. 그건 전기 합선 때문이었어. 케이크는 상관없는 일이야."

나는 고개를 들어 아빠를 쳐다봤다. 아빠의 눈가에서 눈물이 또르르 흘러내렸다.

"화실 전기가 말썽이었어. 세미나 끝나고 손봐 준다고 약속했는데, 아빠 잘못이야."

아빠는 재희 생일 하루 전날 세미나 참석하러 출장을 갔었다.

"좀 더 빨리 왔더라면, 아니 내가 더 빨리 전기를 고쳐 줬더라면…"

그동안 아빠도 죄책감 때문에 많이 힘들었을 거라는 생각에 눈물이 왈칵 쏟아졌다.

"아빠…"

아빠 목을 감싸고 소리 내어 울자 내 등을 쓸어 주었다. 아빠를 미워했던 나 자신도 용서를 구하고 싶었다. 그렇게 다정했던 아빠가 붕대를 감고서라도 우리 곁에 있고 싶었던 마음이 이해가 갔다.

"힘들 때 곁에 있어 주지 못해 미안. 엄마 몫까지 행복하게 살자."

"네, 저도 노력할게요."

"그래, 우리 아들 다 컸구나."

아빠가 내 볼에 흐르는 눈물을 닦아주었다. 손이 참 따뜻했다.

14. 내 소원은

할머니가 의식을 찾았다.

"김봉순 배고프다."

할머니의 첫마디였다. 밥이 나오자 허겁지겁 먹는 할머니를 보고 충격으로 정신이 온전치 않을까 봐 걱정했다.

"내가 살아야지 우리 현아, 재민, 재희 내 새끼들 지키지."

우리는 한시름 놨다. 아빠가 병실로 왔다.

"화상 치료는 다 하셨어요?"

"그래, 이젠 괜찮아."

재희는 약 봉투를 앞에 두고 투정을 부렸다.

"약 싫어. 병원 싫어."

"우리 재희, 아빠가 준 약 먹을래?"

장흥댁 아줌마가 묻자 재희는 고개를 저었다.

"싫어, 안 아파."

"그동안 재희가 먹은 약은 엄마가 챙겨준 영양제야. 재희 밥 안 먹는다고 엄마가 일 년 치를 사 오라고 했어. 그래도 안 먹을 거야?"

아빠 말을 듣고 재희는 고개를 들었다. 그동안 그 약만 먹으면 잠이 온다고 했다.

"그 약이 영양제였다니…."

재희가 엄마라는 단어를 들어도 경기하며 울지 않아 나도 놀랐다.

"이제부터 잘 먹자."

아빠는 예전처럼 부드럽고 자상하게 말했다. 재희는 영양제를 입에 집어넣고 막 씹어 먹었다.

"물이랑 같이 먹어야지."

장흥댁 아줌마가 물을 뜨러 간 사이 재희는 긴 혀를 내밀었다. 아빠가 빙그레 웃었다. 아빠는 김봉순 할머니와 현아도 함께 살자고 말했다. 현아 부모님 찾는 것도 도와주신다고 약속했다.

"신난다. 신나."

재희는 밤늦도록 그림을 그리며 계속 흥얼거렸다.

"난, 아빠 주문에 걸리지 않았어. 다른 생각을 했거든."

재희가 코를 훌쩍이며 나니에게 말했다.

"나는 엄마와 함께 있고 싶었어. 그런데 아빠가 나를 엄마에게서 강제로 떼어냈어. 오빠도 나를 떼어낼까 봐 겁이 나. 나니 너는 나 버리지 마."

재희는 마지막까지 엄마와 함께 있었다. 그것도 자신의 생일날. 그 상황을 모두 기억하고 있었다. 얼마나 무섭고 고통스러웠을지…. 어린 동생이 그 고통을 온전히 혼자 감당하고 있었는데, 그것도 모르고 차갑게만 대했다.

"재희야, 혹시 그날 촛불 때문에 불이 난 거야?"

아빠한테 물었지만 다시 확인하고 싶었다.

"아니. 달려가다 촛불이 다 꺼져버렸어. 다 함께 불고 싶었는데."

아빠 말이 맞았다. 그래도 엄마는 다시 돌아올 수 없다. 엄마의 빈자리는 재희에게도 마찬가지였다. 나는 어느새 잠든 재희에게 더 바짝 다가갔다. 그리고 재희의 애착 인형인 나니에게 말했다.

"나니야. 재희한테 전해줘. 오빠는 이제 절대로 혼자 두지 않겠다고."

재희에게 이불을 덮어주며 말했다.

우리는 퇴원하고 집으로 향했다.

처음 이곳에 올 때는 재희와 나, 장흥댁 아줌마뿐이었다. 가족이 더 생겼다. 김봉순 할머니와 현아도 우리와 함께였다.

아빠는 경찰서에 볼일이 있다고 했다. 우리는 집 앞에 서서 장미꽃이 가득한 담장 안 이층집을 바라봤다. 현아 집이었고, 내가 꿈꾸던 집이었다.

"재희야, 가자."

나는 재희 손을 꼭 잡았다. 이제 이 손을 절대 놓지 않을 생각이다.

"다 커서 징그럽게 왜 그란다냐?"

재희는 장흥댁 아줌마 흉내를 내며 할머니 손을 잡고 깔깔깔 웃으며 도망쳤다.

"김재희 너."

나와 현아는 삐걱 그네에 앉았다. 우린 말없이 그네를 흔들었다.

"단단이 나무한테 가볼래?"

내가 먼저 말했다. 양동이에 물을 받아 단단이 나무가 있는 곳으로 갔다.

"이제 너희 부모님만 돌아오면 되겠다."

현아가 단단이 나무 앞에 무릎을 꿇으며 내 손을 잡아당겼다. 나도 무릎을 꿇었다. 두 손을 모으고 눈을 감았다.

"내 소원은, 우리 가족이 행복해지는 거. 너도, 할머니도."

내 볼에 촉촉하고 부드러운 무언가 닿았다. 현아가 내 볼에 뽀뽀를 했다. 너무 당황해서 얼굴이 붉게 타올랐다.

"고마워. 재민아."

어디로든 숨고 싶었다. 나는 뺨을 두 손으로 감싸고 본채로 달렸다. 방으로 돌아온 나는 거울 앞에 섰다. 얼굴이 홍당무가 됐다.

태경이한테 문자가 왔다.

[잘 지냈어? 이탈리아 갔다 왔어. 선우는 유학 간대.]

[그래?]

[엄마가 나도 지면 안 된다고 유학 알아보는 중이야. 너는 어때?
그 시골 괜찮아? 원시인 된 기분이겠다. 불쌍한 녀석.]

[음. 나는 원시인이라도 좋다. 여기가 맘에 든다.]

[뭐? 너답지 않은데. 무슨 일이야?]

[자연과 함께 있으면 자연인이 되는 거야. 그리고 여기 친구들 정
말 멋져. 나중에 기회 되면 와, 소개시켜 줄게.]

태경이는 바로 전화를 했다. 나는 받지 않았다.

"똑똑."

재희였다.

"응, 왜에?"

나는 조금 부드럽게 말하려고 노력 중이었다.

"오빠, 우리 이제 창고에 못 가?"

"당분간은 안 돼. 공사해야 돼."

"오빠, 아직도 서울로 가고 싶어? 난 여기가 더 좋아. 할머니랑 살
거야."

어제 재희가 나니에게 말할 때 엿들었던 말이 떠올랐다.

"재희야. 오빠는 평생 재희 너한테 혹처럼 붙어 있을 거야."

"정말이야?"

"그래, 오빠 버리면 안 돼. 우리는 이제 여기서 함께 살 거야. 할머니도 현아도."

함께 산다는 말이 왜 이렇게 부끄러운지 다시 얼굴에 화끈거렸다.

"그럼 우리 이제 진짜 가족이 되는 거야?"

"이미 가족이야. 그리고 재희야. 넌 훌륭한 화가가 될 거야. 나니도 그렇게 생각한대."

재희가 달려와 나를 와락 끌어안았다.

"오빠, 이제 나니랑도 말해? 그럴 줄 알았어."

내게 찰싹 붙은 재희는 혹도, 껌딱지도 아니었다. 하나밖에 없는 일곱 살 내 동생이었다. 나는 처음으로 재희 머리를 쓰다듬었다.

15. 귀신들의 초대장

재희가 후다닥 일층 거실로 달려갔다.

"할머니 빨리빨리요."

"그래, 다 됐구나."

할머니는 재희 머리를 손질해 주었다. 귀신 체험을 해보고 싶다는 친구들을 위해 초대장을 보냈다. 날짜는 일요일, 재희 생일날이었다. 바로 오늘이다. 학교 아이들 전부 초대되었고 선생님까지 오시기로 했다.

공사가 끝나고 창고는 귀신의 집처럼 꾸며졌다. 벽에 걸린 그림들이 소름 끼치도록 무서웠다. 가짜 귀신 모형은 현아와 내가 만들었다.

현아는 처녀 귀신 분장을 했고 나는 드라큘라 분장을 했다.

"오매, 나도 꼭 해야 하는 겨?"

"당연하죠. 아줌마 딱이네요."

장흥댁 아줌마는 얼굴이 흘러내린 스크림 가면을 썼다.

"잘 어울려?"

"완전 잘 어울려요. 큭."

장흥댁 아줌마는 답답하다고 했다. 음악도 소름 끼친다며 투덜
댔지만 가면은 절대로 벗지 않았다. 정원에는 할머니가 그린 그림
과 재희 그림이 전시되었다.

현아와 나는 대문 앞에 섰다. 아이들이 하나둘씩 초대장을 가지
고 들어왔다. 슈렉 가족이 눈에 확 띄었다.

"익숙한데!"

정우였다. 정우 옆에는 자그마한 슈렉이 두 명 더 있었다.

"내 동생들."

"환영해. 슈렉 가족들."

우리는 서로를 보며 낄낄거렸다. 초대받은 사람은 꼭 분장이나
가면을 쓰라는 말을 모두 지켰다. 초대장이 없는 친구들도 안으로
들여보냈다. 마을 사람들도 많이 왔다. 할머니 주변으로 모여 걱정
하고 위로해 주었다.

"정말 살아 있는 그림 같아."

선생님은 전시된 그림을 보며 감탄했다. 귀신 체험을 하고 나온

아이들은 정원을 뛰어다녔다. 무섭다고 우는 아이도 있었다. 아빠가 손님들을 모시고 집으로 들어섰다. 모시고 온 손님들도 가면을 쓰고 있었다.

재희와 나, 그리고 현아는 손님들을 한참이나 쳐다봤다.

"누구지?"

갑자기 생일 축하 노래가 흘러나왔다. 거실 테라스 문이 활짝 열리더니 아빠가 커다란 케이크를 들고 나왔다. 우리는 모두 박수 치며 노래를 따라 불렀다.

"생일 축하합니다. 생일 축하합니다. 사랑하는 우리 재희, 생일 축하합니다."

박수 소리가 정원에 가득 찼다.

케이크에 있는 초에는 불을 붙이지 않았다. 재희가 놀랄까 봐 아빠와 내가 상의 끝에 내린 결정이었다. 그런데 스파이더맨 가면을 쓴 사람이 아빠 옆으로 가더니 라이터를 켰다.

"케이크의 꽃은 불이지요."

"안 돼!"

놀란 재희와 나는 동시에 소리쳤다. 정우가 달려와 스파이더맨 가면을 벗겼다. 나한테서 삥 뜯으려던 중학생 형이었다. 모두의 이목을 받은 형은 몸이 굳어버린 듯했다.

"너 이놈의 시끼. 중학생이 라이터는 왜 들고 다니는 거야?"

담임선생님이 큰 소리로 말했다.

"선생님?"

"그래, 내가 너 오 학년 때 담임이다."

목덜미가 잡혀 끌려가는 모습을 보니 속이다 시원했다. 정우와 나는 한참 웃었다. 재희는 공주처럼 드레스를 입었다. 누가 봐도 오늘의 주인공이었다.

얼굴이 동그란 어린 슈렉이 재희 옆에 서 있었다.

"둘이 너무 잘 어울린다."

"슈렉, 싫어."

어린 슈렉이 갑자기 눈물을 터트렸다. 정우가 막냇동생을 달랬다.

"사내자식이 울긴 왜 울어."

그때 아빠가 나와 현아를 집 안으로 불렀다.

"할머니도 모시고 오너라."

마을 사람들과 이야기하던 할머니를 모시고 집 안으로 들어갔다. 집에는 아까 한참이나 시선을 끌던 가면 쓴 손님들도 있었다. 나는 아빠에게 물었다.

"아빠. 저분들은 누구세요?"

"우리 가족의 가족이란다."

가면을 벗은 두 사람은 울고 있었다.

"어머니, 현아야…"

"아빠, 엄마!"

현아와 할머니는 울음을 터트렸다. 서로를 안으며 우는 모습이 정말 슬프면서도 기뻐 보였다. 아빠는 재희를 안고 한 팔은 내 어깨에 손을 올렸다.

"아빠, 고마워요."

"아니다. 내가 고맙다. 우리는 장미 넝쿨 이층집이 맺어준 가족이다."

나는 마음속으로 엄마를 불렀다.

'엄마, 보고 있어요? 행복한 우리 가족들을요.'

바람에 장미꽃 향기가 정원 가득 머물렀다.

장미 넝쿨 이층집

펴낸날 2025년 1월 6일

글 윤경미
그림 김지영
펴낸이 주계수 | **편집책임** 이슬기 | **꾸민이** 공민지

펴낸곳 고래책빵 | **출판등록** 제 2018-000141 호
주소 서울시 마포구 양화로 156 LG팰리스빌딩 917호
전화 02-6925-0370 | **팩스** 02-6925-0380
홈페이지 www.bobbook.co.kr | **이메일** bobbook@hanmail.net

© 윤경미·김지영, 2025.
ISBN 979-11-7272-036-0 (73810)

※ 이 책은 저작권법에 따라 보호받는 저작물이므로 무단전재와 복제를 금합니다.